Alfred Lichtwark
Julius Oldach

Lichtwark, Alfred: Julius Oldach
Hamburg, SEVERUS Verlag 2013
Nachdruck der Originalausgabe von 1925

ISBN: 978-3-86347-700-4
Druck: SEVERUS Verlag, Hamburg, 2013

Der SEVERUS Verlag ist ein Imprint der Diplomica
Verlag GmbH.

**Bibliografische Information der Deutschen
Nationalbibliothek:**
Die Deutsche Nationalbibliothek verzeichnet diese
Publikation in der Deutschen Nationalbibliografie;
detaillierte bibliografische Daten sind im Internet über
http://dnb.d-nb.de abrufbar.

JULIUS OLDACH

VON

ALFRED LICHTWARK

MIT 46 ABBILDUNGEN

SEVERUS

Dem Andenken an Julius Oldachs Bruder,
Herrn J. F. N. Oldach

INHALTSVERZEICHNIS

VORWORT

Obwohl Julius Oldach schon mit sechsundzwanzig Jahren gestorben ist, hat er doch
eine so grosse Zahl hervorragender Werke
hinterlassen, dass er zu den bedeutendsten hamburgischen Künstlern des neunzehnten Jahrhunderts zählt. Die überwiegende Mehrzahl seiner
Arbeiten befindet sich in der Gemäldegalerie und
im Kupferstichkabinet der Kunsthalle.

Da sie mit Ausnahme zweier Bildnisse nur
geringes Format haben, und da die Zeichnungen
nicht dauernd ausgestellt werden können, ist eine
mit Abbildungen versehene Einführung nötig, wenn
die Originale ohne besondere Schwierigkeit genossen werden sollen. Um die Publikation weite-
ren Kreisen in Hamburg zugänglich zu machen,
sind die Abbildungen in Netzätzung hergestellt.
Sie sollen keinen selbständigen Kunstgenuss ge-
währen, sondern auf die Originale hinweisen und
den Wunsch erwecken, sie genau kennen zu lernen.
Die Bilder aus dem Familienleben, die auf dem
Stammbaum wegen ihrer fast mikroskopischen
Kleinheit den meisten Galeriebesuchern zu ent-
gehen pflegen, sind bei der Nachbildung um die
Hälfte vergrössert worden.

Ein Verzeichnis der Werke des Künstlers mit Massangabe und nach der Zeit der Entstehung geordnet ist am Schluss angefügt. Ebenso eine Übersicht der Lithographien nach seinen Bildern und Zeichnungen.

Wie die übrigen Einzelschriften über hamburgische Künstler hat diese Publikation den Zweck, in der Hamburger Familie die Bekanntschaft mit der heimischen Kunst pflegen zu helfen, und sie wendet sich deshalb auch namentlich an die Jugend. Da sie ausschliesslich für den hamburgischen Besucher der Kunsthalle berechnet ist, durften die Mitteilungen sich gelegentlich auf Dinge erstrecken, die nicht zur Sache gehören würden, wenn sich die kleine Schrift an das ganze Deutschland wendete. Dies sei namentlich auch in Bezug auf die einleitende Erinnerung an Julius Oldachs Bruder Ferdinand hervorgehoben.

LICHTWARK

ZUR ERINNERUNG AN
HERRN J. F. N. OLDACH

Den Grundstock der Werke des 1830 der Kunst entrissenen Julius Oldach verdanken die Galerie und das Kupferstichkabinet seinem nur wenig jüngeren Bruder Herrn J. F. N. Oldach, der fast siebzig Jahre nach ihm im vergangenen Jahre — 1898 — gestorben ist.

Als die Kunsthalle um 1890 begann, die Werke der hamburgischen Künstler zu sammeln, besass die Galerie kein Bild und das Kupferstichkabinet keine Zeichnung von Julius Oldach. Unter dem Namen des Künstlers stand im hamburgischen Künstlerlexikon eine kurze Biographie, aus der nicht viel zu ersehen war. Der „Stammbaum", jetzt in unserer Galerie, wird darin als „interessant" erwähnt, und zum Schlusse wird hervorgehoben, „dass Julius Oldach zu den schönsten Hoffnungen berechtigt habe."

Im Neuen Nekrolog von 1830 und in Schorns Kunstblatt von 1831 fanden sich einige kurze Notizen, die ebenfalls nicht viel lehrten. — Nagler hatte später diese Quellen benutzt.

Von den lebenden Hamburger Künstlern der älteren Generation war nichts zu erfahren. Hermann Kauffmann war 1888 gestorben, als die Samm-

lung hamburgischer Meister gerade in Angriff genommen war. Auch Georg Haeselich hatte Oldach
noch gekannt, aber alt und hinfällig, konnte er
schon keine rechte Auskunft mehr geben.

Am meisten wusste Frau Otto Speckter, die Oldach nicht mehr gekannt hatte, aus der Überlieferung ihres Hauses. Von ihr erfuhr ich, dass Hans
Speckter sich sehr lebhaft für Oldach interessierte.
Aber der Tod entriss ihn seinen Leiden, ohne dass
ich ihn hatte fragen können. Auf einer Hambur-
gensienausstellung, die Hans Speckter veranstaltet
hatte, waren Bilder auch von Oldach zu sehen
gewesen, doch niemand wusste, woher er sie erhalten hatte.

Da ergab die Umfrage bei den im Adressbuch
verzeichneten Trägern des Namens Oldach, dass
ein Bruder des Künstlers noch am Leben sei. Er
habe die vom Vater ererbte Bäckerei aufgegeben,
hiess es, und sich an der Wandsbecker Chaussee
auf einem grossen Gartengrundstück als Rosen-
und Weinzüchter in hohem Alter noch einem neuen
Berufe zugewandt, dem er mit Hingebung obliege.

Dort suchte ich ihn auf und wurde zu ihm in
den Garten geführt. Ich fand ihn in einem Wein-
hause beschäftigt, Reben aufzubinden, einen auf-
rechten alten Herrn, der mich mit klugen, freund-
lichen Augen ansah, das auffallend dichte „struffe"
Haar, kaum merklich ergraut, das Gesicht glatt
rasiert, wie es bei einem Manne, der um die Mitte
der zwanziger Jahre des neunzehnten Jahrhunderts
das erste Rasiermesser gebraucht hatte, selbstverständlich war. Wir haben Ursache, uns seiner in
Dankbarkeit zu erinnern.

Der alte Herr, der bei aller Schlichtheit die ruhige vornehme Art des Verkehrs besass, die seine Zeitgenossen in Hamburg auszeichnete, führte mich in sein Haus, ein wenig erstaunt über die Nachfrage nach seinem Bruder. Er glaubte ihn vergessen, da seit seinem Tode mehr als zwei Menschenalter vergangen waren.

An den Wänden seines Wohnzimmers zeigte er mir die Bildnisse der Eltern, der beiden Tanten, den Stammbaum, das kleine Architekturstück der St. Johanniskirche, sowie einige Handzeichnungen. Briefe und Aufzeichnungen besass er nicht mehr, ausser einem kurzen Gedicht. Auch reichten seine persönlichen Erinnerungen nicht sehr weit. Er war freilich schon erwachsen, als sein Bruder starb, aber das letzte Jahrzehnt seines Lebens hatte dieser grösstenteils fern von Hamburg verbracht, in Dresden und in München. Doch erinnerte er sich sehr wohl seines ernsten, abwehrenden Wesens und der übertriebenen Ansprüche, die er an sich selbst gestellt habe. Verkehr hätte er gemieden. Ich habe nur wenige Freunde, hätte er einmal geäussert, als sein Bruder ihn in München besuchte, aber die sind gut. Ernst Rietschel gehörte dazu. Als Herr J. F. N. Oldach diesen in späterem Alter in Dresden besuchte, hätte Rietschel noch mit Rührung an die Zeit ihres freundschaftlichen Verkehrs gedacht und geäussert, sie hätten alle zu Julius Oldach hinaufgesehen und ihn als einen der Grössten in der kommenden Zeit betrachtet.

Dann erklärte der alte Herr mir die Bilder und gab mir weitere Erläuterungen, um die ich ihn bat.

Was ich sah und hörte, bewegte mich sehr. Die

Bilder und Zeichnungen waren die Werke einer so
grossen und originellen Begabung, dass Rietschels
Ausspruch unmittelbar verständlich wurde. Ich
hatte die typischen Werke eines Corneliusschülers
erwartet, Kartons, Entwürfe zu Wandmalereien,
Akte mit pathetischen Geberden; und ich fand
wundervolle Bildnisse in Ölfarben oder in einer
ganz eigenartigen Technik der Miniaturmalerei und
Handzeichnungen verwandten Charakters, Bildnisstudien, Andächtige in einer Münchner Kirche
und Mephisto in Fausts Gewand mit dem Schüler.
Technisch und als Anschauung war das alles so
grossartig, wie ich aus der Umgebung von Cornelius nichts Vergleichbares kannte.

Als ich den alten Herrn bat, diesen Schatz der
neubegründeten Sammlung hamburgischer Meister-
werke der Kunsthalle zu überweisen, wollte er anfangs nicht recht darauf hören. Er meinte, er
habe sich nun sein Leben lang daran gefreut und
es würde ihm schwer werden, seine kahlen Wände
zu ertragen. Aber nach einigem Hin und Her
entschloss er sich doch zu dem Opfer. Nur die
Bildnisse der Eltern behielt er zurück und einige
Handzeichnungen. Das alles sollte der Kunsthalle
nach seinem Ableben zufallen. Er hatte sich all-
mählich an dem Gedanken erwärmt, dass er nach
so langer Zeit das Andenken an seinen Bruder
wieder zu erwecken bestimmt gewesen sei. Nun
wisse er doch, weshalb der liebe Gott ihn so lange
am Leben erhalten, meinte er, und holte in seiner
Freude selbst eine Flasche Wein herbei, um mit mir
den Tag zu feiern, wo nach so langen Jahren der ver-
gessene Künstler wieder zu Ehren kommen sollte.

Ich habe den liebenswürdigen alten Herrn noch einige Male besucht, und bei einem Vortrage, den ich 1893 über seinen Bruder hielt, kam er noch selber in die Kunsthalle und hatte seine Freude daran, wie unmittelbar die Werke Julius Oldachs auf ein neues Geschlecht wirkten, das sie zum ersten Male sah.

Nach seinem Tode 1898 haben seine Tochter und sein Schwiegersohn, Herr und Frau Papendieck, die in seinem Nachlass vorgefundenen Bilder und Zeichnungen der Kunsthalle überwiesen, obgleich der alte Herr schriftliche Bestimmungen nicht hinterlassen hatte.

Von Herrn J. F. N. Oldach hatte ich noch erfahren, dass eine Nichte, die Tochter einer Schwester, Fräulein de Hase, im Besitz von Bildern und Kartons des Künstlers sei. Ihrer Liebenswürdigkeit verdankt die Kunsthalle das Ölgemälde Hermann und Dorothea.

Auch das Gemälde, dessen Zeichnung ich bei dem alten Herrn gesehen, Mephisto und der Schüler, war nicht untergegangen, und der Besitzer entschloss sich, es der Kunsthalle zu überlassen.

Ausser den nunmehr in den Sammlungen der Kunsthalle aufbewahrten Werken sind mir von Julius Oldach nur noch ein Selbstbildnis, zwei kleine Frauenbildnisse, ein Bildnis des Bildhauers Otto Sigismund Runge, ein Kinderbildnis, zwei Handzeichnungen und ein kleiner Karton im Privatbesitz bekannt.

DIE JUNGEN HAMBURGER
DER ZWANZIGER JAHRE

Nach den Gesetzen der Wahrscheinlichkeit müsste die Zahl der Talente, die im Durchschnitt auf das Jahr fallen, zu allen Zeiten ungefähr dieselbe Höhe behalten.

Die Erfahrung bestätigt derartige Rechnungen nicht. Es giebt Zeiten, in denen das Talent sehr dünn gesät ist, die der Nachwelt als eine öde Wegstrecke erscheinen, an die sie keine Erinnerung bewahrt; und daneben und oft dicht daneben spriessen die Begabungen so eng und wachsen so stark und so schnell, dass sie um Luft und Licht ringen müssen.

Sehnsüchtige Zeiten pflegen mit Talenten gesegnet, satte Zeiten dagegen unfruchtbar zu sein.

In Hamburg waren die zwanziger Jahre des neunzehnten Jahrhunderts durch das Empordringen einer grossen Anzahl junger Talente ausgezeichnet, die, so verschieden ihre Kraft und Begabung war, sich durch die gemeinsamen Züge grosser Originalität und früher Reife auszeichneten. Von sechzehn bis zu zwanzig Jahren schufen sie Kunstwerke, die von den Arbeiten der lehrenden Generation grundverschieden waren und oft die allgemeine

deutsche Entwickelung weit späterer Epochen vor-
weg nahmen.

Erwin Speckter malte mit sechzehn Jahren die
köstlichen Bildnisse seiner Eltern, die wohl seine
besten Bilder geblieben sind. Oldachs Selbstbildnis
aus seinem sechzehnten, das Bildnis des Vaters
aus seinem siebzehnten Jahre zeigen ihn im Voll-
besitz alles Könnens. Martin Gensler aquarelliert
mit siebzehn Jahren ein Architekturstück, dessen
Qualitäten er später nie überboten, fast nie wieder
erreicht hat. Was Vollmer mit einundzwanzig
Jahren in seiner holsteinischen Landschaft erreicht
hatte, vermochte er beim Besuch der Akademie
nicht festzuhalten. Von Morgenstern und Günther
Gensler gilt Ähnliches. Alles dies können wir heute
am Besitz der Kunsthalle nachweisen. Aus Hermann Kauffmanns vierzehntem Lebensjahre stammt
eine Darstellung der Eisfischerei auf der Alster, die
das Leben so erschöpfend darlegt, wie irgend eins
seiner späteren Bilder. Was unsere jungen Künstler damals im Sturm erreichten, war in allem, worauf es bei der Kunst ankommt, anders und besser,
als nahezu alles, was damals die ältere Generation
vermochte.

Diese Frühreife weist auf Entwickelungsbedin-
gungen hin, die dem Talent besonders günstig
waren. Heute ist sie sehr selten, schon weil die
technische Erziehung so spät einsetzt. In den
höheren Ständen gilt es als Regel, dass der für
die bildende Kunst Begabte der Sicherheit halber
erst das Gymnasium durchmachen muss, ehe er
gründlich in die Technik eingeführt wird. Dass
junge Künstler erst mit zwanzig Jahren ernsthaft zu

zeichnen anfangen, gilt nicht als zu spät. In Wirklichkeit müsste jedoch die künstlerische Erziehung
dann schon im wesentlichen vollendet sein. Wenn
die Erziehung mit dem zwanzigsten Jahre beginnt,
wird man als Maler so wenig zur höchstmöglichen
Ausbildung der angeborenen Fähigkeit gelangen,
wie als Geiger, Klavierspieler oder Akrobat. Das
konnte in der bildenden Kunst nur deshalb in Ver-
gessenheit geraten, weil ein Menschenalter hindurch
in Deutschland die künstlerische Technik als Neben-
sache angesehen wurde.

Bei den jungen Hamburgern der zwanziger
Jahre lässt sich erkennen, dass sie schon als Kna-
ben in die Ausübung der Techniken und in die
Beherrschung der Form hineinwuchsen.

Auch in Bezug auf die Auslese der Talente
lagen damals die Bedingungen anders als heute.
Es war sehr viel schwerer gemacht, den Künstler-
beruf zu ergreifen. Nur der unbezwingbare Trieb
konnte sich damals durchsetzen. Das ist heute
durch Stipendien und Schulen anders geworden.
Das Künstlertum gehört gewissermassen zu den
Brotstudien. Der bescheidensten und zweifelhaf-
testen Anlage stehen Thür und Thor offen, und
es ist so vieles an der Kunst scheinbar durch
blossen Fleiss zu erreichen, fremde künstlerische
Gedanken lassen sich so leicht umwandeln und
neu einkleiden, dass eine Art breiter Scheinpro-
duktion entstehen konnte, die mit der Kunst nur
den Namen gemein hat. Das Ausstellungswesen,
heute eine wirkliche Landplage und eine der schwer-
sten Gefahren für die stetige Entwickelung selbst
der grössten Begabungen, war damals noch in den

ersten unschuldigen Anfängen der Entwickelung begriffen. Julius Oldach hat weder die Bildnisse seiner Eltern noch die seiner Tanten, weder den Stammbaum noch das Bild der Johanniskirche, den Mephisto noch Hermann und Dorothea jemals öffentlich ausgestellt. Er schuf nicht im Gedanken, die die Wirkung, die sein Bild unter viertausend anderen in den ungeheuren Sälen der Jahresausstellung ausüben sollte; was er malte, sollte nur für ihn und die Seinen Geltung haben. Dergleichen wäre heute fast undenkbar.

Es fehlte also den jungen Künstlern in Hamburg damals sowohl der Zwang wie die Verlockung, ihre Arbeiten der Öffentlichkeit zu übergeben.

Ebensowenig wurden sie durch den jährlichen Ansturm fremder und reiferer Kunst aus ihrer Bahn geworfen. Die Zahl der Ideen, die ihnen durch die Anschauung gleichzeitiger Kunst zufloss, war nicht gross, und es lebte in Hamburg kein Meister, der sie in seine Bahnen mit sich gerissen hätte. Den damals in Hamburg tonangebenden Malern der älteren Generation, die ihre Bildung noch meist dem achtzehnten Jahrhundert verdankten, werden sie sich im Bewusstsein der neuen Ziele, denen sie zustrebten, wohl eigentlich überlegen gefühlt haben.

Zeitgenössische Kunst des Auslandes bekamen sie, ein schroffer Gegensatz zu den heutigen Zuständen, so gut wie nie in Original zu sehen. Erst in den dreissiger Jahren drangen die ersten Bilder der neuen niederländischen Schulen nach Hamburg, und die Zeit der reisenden fremden Künstler, die gegen Ende des achtzehnten Jahr-

hunderts Hamburg so zahlreich besucht hatten,
war vorüber. In den zwanziger Jahren hören wir
von keinem französischen Maler in Hamburg. Also
auch darin, dass sie von ausländischer Kunst unberührt blieben, unterschieden sie sich von den
Führern der älteren Generation. Der Bildnismaler
Gröger war in Paris gebildet, und je umfangreicher
seine Bildnisse sind, desto deutlicher verraten
sie die Einwirkung französischer Vorbilder. Sein
bestes leistete auch Gröger, wo er, wie in der Bild-
nislithographie, keine fremden Ideen verwenden
konnte.

Auch die alte Kunst wirkte nur auf einzelne
der jungen Leute, und erst nachdem sie sich schon
eine grosse Selbständigkeit erworben hatten. Wir
begegnen ihren Spuren nur bei Erwin Speckter,
der sich in Memlings Lübecker Dombild vertieft
hatte, und bei Oldach, der offenbar die germanischen Meister des fünfzehnten und sechzehnten
Jahrhunderts in München sehr genau angesehen
hatte.

So konnte von den jungen Leuten in der zeit-
weisen Abgeschlossenheit Hamburgs ein Jahrzehnt
hindurch eine ganz eigenartige deutsche Kunst an-
gestrebt werden.

Dass sie beim ersten Anlauf schon ein hohes
Ziel erreichten, haben sie aber nicht in erster
Linie den äusseren Bedingungen zu danken, sondern der allgemeinen Zeitstimmung. Zu Anfang
der zwanziger Jahre begannen die Nachwehen der
Kriege zu verschwinden. Doch die gewaltige Er-
regung zitterte noch nach, und da das in den Frei-
heitskriegen erwachte und seiner Eigenart sich

wieder bewusst gewordene deutsche Volk auf po-
litischem Gebiet, dem Lande seiner Sehnsucht, sich
nicht bethätigen konnte, so suchte die entfesselte
Kraft allerorten ein Ventil in der Kunst, und alles
Denken und Trachten wurde von dieser nationalen
Stimmung getragen.

Die äusseren und inneren Bedingungen lagen
mithin bei uns in Hamburg in mehr als einer Beziehung sehr günstig für die Entwickelung einer
blühenden heimischen Kunst deutschen Charakters. Aber es fehlten einige der in letzter Linie aus-
schlaggebenden Faktoren, so dass sie wohl keimen
aber nicht gedeihen konnte. Das Publikum ver-
hielt sich gleichgültig, wenn auch ein kleiner Kreis
von Kunstfreunden schon vorhanden war, vor allem
aber gab es keine Möglichkeit, die Ausbildung zu
Hause zu vollenden. Und so ist es gekommen,
dass die reiche Fülle von jungem, frischem Talent
so wenige dauernde Ergebnisse gezeigt hat. Nur
einem, Hermann Kauffmann, war es beschieden,
nach einem kurzen Aufenthalt in München sich zu
Hause auszuleben.

Um 1830 hatte sich Hamburg fast aller der
reichen und starken Begabungen entledigt. Auf
deutschen und ausländischen Akademien suchten
sie die Bildung, die ihnen Hamburg nicht bieten
konnte. Alles drängte in die Kunststädte, und dass
Hamburg eine der ersten deutschen Kunststädte
hätte sein können und sein müssen, wäre damals
den meisten noch weniger annehmbar erschienen
als heute. Wir aber müssen heute erkennen, dass
in den zwanziger Jahren bei uns die Möglichkeit
vorlag, eine eigene deutsche Kunst zu schaffen,

die alles besessen hätte, was der an der Akademie herrschenden abging. Äussere Umstände haben es verhindert.

Das Bürgertum des neunzehnten Jahrhunderts war sich der volkswirtschaftlichen Bedeutung der Kunst und seiner eigenen Verpflichtung noch nicht bewusst geworden. Es stand noch im Bann der vorhergehenden Epoche, wo der Fürst allein die Kunst getragen hatte. Dass der König von Bayern, von Sachsen, von Preussen, für die Kunst eintrat, war jedem Bürger selbstverständlich. Dass er in dem Augenblick, wo er die Hand nach der wirtschaftlichen und politischen Macht ausstreckte, auch die Pflicht des Regenten auf seine Schultern zu nehmen habe, kam ihm nicht in den Sinn.

Und so begann in den zwanziger Jahren der grosse Auszug der Begabungen, der bis in die jüngste Zeit fast ununterbrochen angehalten hat, und es wird damals wohl so wenig wie später zum Bewusstsein gekommen sein, wie dieser dauernde Aderlass die Kräfte des Gesamtkörpers unserer Stadt schwächte. Für die jungen Künstler hat sich der Aufenthalt in den Kunststädten fast immer verhängnisvoll erwiesen. Die schon begonnene kräftige Entwickelung wurde abgebrochen. Jeder zufällige Einfluss der Hochschulen begann zu wirken, und es lässt sich nicht behaupten, dass er für die Entwickelung des deutschen Wesens günstig gewesen sei. Von den zwanziger Jahren ab herrschte in München, der führenden Kunststadt, das Vorbild der Florentiner Zeichner, von den vierziger Jahren ab der Einfluss der Belgier, später in wachsendem Umfange der der Franzosen.

Ganze Geschlechter deutscher Talente wurden von Lehrern gebildet, die als Schüler oder Schülersschüler der Franzosen wirkten, und regelmässig pflegte als deutsche Art geschätzt und verteidigt zu werden, was aus Paris gekommen und dort einer neuen Phase eben gewichen war. Es gab schliesslich nur noch einzelne deutsche Künstler, und nicht in demselben Sinne eine deutsche Kunst, wie es eine französische oder englische gab. Das Meiste was entstand, war Nachahmung, und es ist ein Naturgesetz, dass keinerlei Nachahmung das Ziel erreicht —— sie erfordert nicht so viel Kraftentwickelung wie die originelle Leistung —— und dass sie stets mit der Vernichtung der angeborenen Begabung endet. Davon ganz abgesehen, dass sie naturgemäss hinterdreinhinkt und dass ihr von der Ernte nur die Nachlese bleibt.

Das Leben Julius Oldachs zeigt wie an einem Experiment den Einfluss, den der Besuch der Akademien auf unsere Begabungen ausgeübt hat, und die Betrachtung seines Entwickelungsganges ist in dieser Beziehung für uns heute noch lehrreich.

* * *

Die jungen Talente der zwanziger Jahre bildeten in Hamburg verschiedene Gruppen. Vollmer und Morgenstern strebten der Stimmungslandschaft zu. Sie kamen von der Panoramenmalerei der Gebrüder Suhr her. Nahe verwandt war die Entwickelung einer anderen Gruppe, die von Bendixen ausging, der Landschafter Louis Gurlitt, Kiste, Jancke und einiger anderen. Martin und Günther Gensler, die nach verschiedenen Richtungen aus-

einandergingen, hatten doch gemeinsam den besonders hamburgischen Zug.

Jacob Gensler zog vielfach hin und her, schloss
sich aber später mit Hermann Kauffmann zusammen.
Kauffmann selber und die Haeselich wandten sich
in Wahlverwandtschaft zu den Münchener Realisten.
Ihnen schloss sich später als Maler in Hamburg
Otto Speckter an.

Julius Oldach bildete mit Erwin Speckter, Julius
Milde und Louis Asher, Jenssen und Wasmann die
Hamburger Gruppe der Nazarener. Doch hielten
nur die ersten vier persönlich enger zusammen.
Als Lithograph ging Otto Speckter aus dieser
Gruppe der Nazarener hervor.

Oldach und Erwin Speckter starben früh, Milde
zog nach Lübeck und griff, da es ihm an Boden
für die künstlerische Bethätigung seines seltenen
Talentes fehlte, zur Lehrthätigkeit und zu kunst-
historischen Studien.

Keine dieser und anderer, uns nur dem Namen
nach bekannter zahlreichen Begabungen, die zum
Teil zu den bedeutendsten ihrer Zeit gehörten, ist
es vergönnt gewesen, sich frei zu entwickeln,
mit Ausnahme von Kauffmann, dem ein langes
Leben beschieden war, und dem die Erfüllung seines Wunsches, aus Hamburg auf die Akademie
zurückzukehren, vom Geschick versagt wurde.

OLDACHS JUGENDZEIT IN HAMBURG
1804—1821

Über das Leben und Wesen des eigenartigen Menschen, der in Julius Oldach sich enthüllt, ist uns kaum mehr aufbewahrt als einige kümmerliche Daten. Briefe von ihm haben sich bisher nicht gefunden. Die einzige Aufzeichnung, ein Gedicht in seinem Nachlass, wurde von seinem Bruder abgeschrieben, und es scheint, als ob das Original mit den andern Papieren verschwunden sei. Aber dies Gedicht wiegt sehr schwer.

Aus Julius Oldachs Bildern und Zeichnungen spricht ein ernstes, energisches Wesen, das der Erscheinung auf den Grund zu kommen sucht; eine nicht zu ermüdende Arbeitskraft, die die grossen selbstgewählten Schwierigkeiten bis zum letzten Tüttelchen überwindet; eine männliche Festigkeit und Klarheit, der keine Spur von Zweifel oder Sentimentalität anhaftet.

Das Gedicht dagegen ist der Aufschrei einer verschlossenen, einsamen, verzweifelten Seele, die sich unter einer unerträglichen Last dahinschleppt. Was es war, das ihm die Lebensfreude zerstörte, lässt sich nicht deutlich erkennen. Es war nicht bloss, wie man aus seinen Werken der letzten beiden Hamburger Jahre schliessen möchte, das

Bewusstsein der im akademischen Studium ver-
geudeten Zeit und Kraft. Er musste sich jung und
stark genug fühlen, das wieder einzuholen. Vielleicht hatte sich das Bewusstsein körperlichen
Leidens wie ein Wall zwischen ihm und seinen
Wünschen erhoben, vielleicht war es die Ahnung
des frühen Todes. Die Verse beginnen als ein
Hymnus auf die Liebe, deren Glück ihm versagt
sei und schliessen mit einem düstern Ausbruch
der Verzweiflung:

> Die Thür ist hinter dir verschlossen.
> Auf der Verzweiflung wilden Rossen,
> Wirst du durchs öde Leben hingejagt.
> Da sinkst du in die ew'ge Nacht zurück,
> Siehst tausend Elend auf dich zielen,
> Im Schmerz dein Dasein nur zu fühlen.
> Nur erst im ausgelöschten Todesblick
> Begrüsst voll Mitleid dich das erste Glück.

Auf die Fragen, die diese dunklen Worte erwecken, giebt es keine Antwort, solange sich keine
Briefe oder andere Aufzeichnungen gefunden haben.

Als Julius Oldach 1830 starb, war er kaum
zum Mannesalter herangereift. Die Todesanzeige,
die seine Eltern einrücken liessen, enthält ein
Stück Biographie:

> Am 19. Februar starb unser Sohn Julius Oldach
> auf seiner Reise nach Italien in München. Sein all-
> zugrosses Streben, in der Malerkunst etwas Ausser-
> ordentliches zu leisten, untergrub seine Gesundheit,
> und er starb an Entkräftung im eben vollendeten
> sechsundzwanzigsten Lebensjahre in den Armen
> seiner ihm zur Hülfe geeilten Brüder.
> Hamburg, den 1. März 1830.
>   J. F. N. Oldach
>   C. M. Oldach, geb. Prediger.

Seine Werke verteilen sich über einen Zeitraum von einem Jahrzehnt. Die erste Zeichnung, ein Selbstbildnis, stammt aus seinem sechzehnten, die ersten Ölgemälde, ein Selbstbildnis und das Bildnis seines Vaters, aus seinem siebzehnten Lebensjahre. Und in dieser kurzen Spanne hatte der junge Künstler die tiefsten Wandlungen durchgemacht, hatte sich selbst unter dem Einfluss eines Meisters verloren, der die ganze Jugend hinriss, und hatte eben nach schwerem Kampf sich selber wiedergefunden, als er erlag. Seine Werke gehören zu dem kostbarsten Besitz unserer Sammlungen. Was er für Hamburg und für die deutsche Kunst hätte bedeuten können, wäre ihm ein so langes Lebenslos zugefallen wie seinem Bruder, lässt sich nicht ausdenken. Als kürzlich der französische Maler Raffaëlli in der Kunsthalle seine Bildnisse sah, rief er aus: Das hat Ingres nicht besser gemacht.

Für den Kunstfreund in Hamburg sind Julius Oldachs Werke nicht nur als Einzelleistungen wichtig. Was wir besitzen, giebt heute schon eine Vorstellung von dem Grad, Umfang und Charakter seiner Begabung und gewährt zugleich einen Einblick in die Entwickelung einer genialen Anlage. Es lässt sich ohne Schwierigkeit verfolgen, wie Oldach in der Heimat unabhängig aufwächst, wie der Einfluss des akademischen Studiums ihn zurückbringt, wie er bei jedem längeren Aufenthalt in der Heimat in die ihm natürlichen Bahnen wieder einlenkt.

Julius Oldach wurde am 17. Februar 1804 in Hamburg geboren. Sein Vater war ein wohlhabender Bäckermeister, der sich eines grossen Ansehens erfreute. Wir finden ihn 1835 auf dem Regenten-bildnis von Julius Milde: Senat und Bürgerschaft beschliessen, dem englischen Ministerresidenten Colquhoun das Ehrenbürgerrecht zu verleihen. Unter den Aquarellstudien dazu im Besitz des Vereins für Hamburgische Geschichte fällt sein ausdrucksvoller Kopf auf (abgebildet im „Bildnis in Hamburg" Bd. 2, S. 157). Julius Oldach hat seinen Vater mehrfach gemalt und gezeichnet und hat seine charakteristischen Züge in leiser Über-treibung dem Mephisto in der Schülerscene ge-geben. Vater Oldach war keine gewöhnliche Natur. Seine energischen Züge, die er seinen Söhnen ver-erbt hat, treten im höchsten Masse verfeinert bei seinem Sohn Julius auf. Die Mutter war eine stille, liebenswürdige Natur von grosser Güte und Milde, aber dabei sehr entschieden. Ihr Bild zeigt feine aristokratische Züge, namentlich in dem fein-geschnittenen Munde mit der kurzen Oberlippe. Das Leben der Familie hat uns Julius Oldach ge-legentlich des silbernen Hochzeitsfestes der Eltern ausführlich geschildert auf dem „Stammbaum". (S. d.) Es war das eines wohlhabenden Hamburger Bür-gerhauses aufstrebender Tendenz.

Bis zu seinem siebzehnten Jahre blieb Julius im Elternhause, dann zog er auf drei Jahre nach Dresden.

Für das Verständnis jedes wirkenden Menschen, vor allem des Künstlers, liegt ein Schlüssel in den ersten Gedanken und Thaten der ihrer Kraft sich bewusst werdenden Seele. Noch pflegt die Macht der Lehre die eingeborene Kraft von ihrer ur-

sprünglichen Richtung nicht abgelenkt zu haben.
Ohne den Widerstand der Überlieferung und der
Umgebung zu fühlen oder nur zu ahnen strebt die
Neigung in gerader Linie dem der Kraft bestimm-
ten Ziel zu. Mag es auch nicht erreicht werden,
es lässt sich doch klarer erkennen als in den
Werken der folgenden Epoche, wo die bestehenden
Mächte ihren Einfluss geltend gemacht haben. Erst
nach Überwindung dieses Hemmnisses pflegt die
Begabung in ihr vorgeschriebenes Bett wieder ein-
zulenken.

Es ist deshalb wichtig für eine lokale Gemälde-
sammlung, nach den Erstlingswerken der Talente
Ausschau zu halten. In einem Zeitalter, das der
freien Entfaltung ungünstig ist, pflegen diese Inku-
nabeln wohl das Beste zu sein, was die Begabungen
überhaupt hervorbringen. Für eine bestimmte Art
malerischer Talente scheint dies im neunzehnten
Jahrhundert fast die Regel zu sein.

Aus der ersten Jugend Julius Oldachs, die bis
zu seinem siebzehnten Jahre zu rechnen ist, das
heisst bis zu seinem Eintritt in die Dresdener Akademie, sind vier Arbeiten erhalten, eine Zeichnung
und drei Ölgemälde.

Nach der Überlieferung hat er in Hamburg den
Unterricht Hardorffs und Suhrs genossen. Hardorff war ein vielseitig begabter Akademiker, der
in Hamburg nicht recht zur Entwickelung gekommen
ist. Die Akademie scheint seine Kräfte gebrochen
zu haben. Ph. O. Runge, sein Schüler, hatte diese
Lage erkannt, als Hardorff noch in den besten
Mannesjahren stand. Fragt ihn, rief er einmal aus,
ob die Akademie nicht in ihm ein grosses Talent

gemordet hat. Von Hardorffs Gemälden scheint
wenig erhalten zu sein. Für die Beurteilung von
Oldachs Erstlingswerken kommt sein Bildnis des
Rektors Gurlitt am ehesten in Betracht (eigenhän-
dige Wiederholung kleinen Formats im Besitz der
Kunsthalle). Christoffer Suhr befand sich in ähnlicher Lage wie Hardorff. Auch er war akademisch
erzogen, doch scheint er in Weitsch, dem Braun-
schweiger Landschaftsmaler, einen Lehrer gehabt
zu haben, der ihm für eine selbständige Beobachtung der Landschaft die Augen öffnete. Nach Hamburg zurückgekehrt, entwickelte er sich namentlich
als Panoramenmaler, und die von alten Vorbildern
unabhängige Art, Natur zu sehen, die er in diesen
Panoramen beweist, dürfte vielleicht auf den Einfluss des für seine Zeit ungewöhnlich selbständigen
Weitsch zurückgehen. Sonst war Suhr bekanntlich
als Lehrer und als Bildnismaler thätig und verlegte
Hamburgensien.

Wann Oldach den ersten Unterricht erhalten
hat, wissen wir nicht. Offenbar früh, denn sein
erstes Selbstbildnis, das aus seinem sechzehnten
Lebensjahre stammt, verräth eine langjährige Schulung. Über die Methode seiner Lehrer ist nichts
bekannt, und Oldachs erhaltene Arbeiten geben
darüber keinen Aufschluss. Nur das lässt sich erkennen, dass er viel nach der Natur gezeichnet
haben muss. Auf Suhrs Panoramen dürfte seine
ausgesprochene Neigung für die Landschaft zurückgehen und auch vielleicht die grosse Unbefangen-
heit, mit der er die verschiedensten und zu seiner
Zeit nicht beliebten Stimmungen wählte. Suhrs
Panoramen, die auf Täuschung ausgingen, hatten

Kreidezeichnung 1819—1820   Kunsthalle

SELBSTBILDNIS AUS DEM 15. BIS 16. LEBENSJAHRE

Julius Oldach   3

seine und seiner Schüler Augen vom Vorbild Ruys-
daels befreit. Unmittelbar aber erinnern Oldachs
Jugendarbeiten nirgend an die uns bekannten Werke
seiner beiden Hamburger Lehrer.

Das Selbstbildnis aus seinem sechzehnten Jahre,
eine grosse Kohlenzeichnung, enthält schon den ganzen Oldach. In den grossangelegten Zügen herrscht
noch eine weiche knabenhafte Rundung, aber die
Augen, die das Bild aus dem Spiegel geholt haben,
blicken schon sehr kühn in die Welt, und die
noch schwellenden Kinderlippen beginnen schon,
das festere Wesen des Jünglings fühlen zu lassen.
Offenbar hat der Knabe mit grosser Anspannung
Alles, was er fühlte, auszudrücken versucht, und
er zeigt sich der Wiedergabe rein materieller Dinge,
wie des reichen trockenen Haares, ebenso gewach-
sen wie der des seelischen Ausdrucks.

Auf diese Zeichnung folgen in der ersten Hamburger Jugendzeit noch drei Ölgemälde: ein Selbstbildnis, das Bildnis einer Schwester und das seines
Vaters.

Dieses erste gemalte Selbstbildnis muss sehr
früh entstanden sein. Es zeigt die Züge eines
Jünglings, der mitten im körperlichen Wachstum
steht. Die Schultern sind noch schmal, aber der
Kopf hat schon die Rundung der Knabenjahre verloren, in seinen mageren, feinen Formen spricht
sich die endgültige Gestalt des vornehmen Lang-
schädels bereits deutlich aus. Allem Anschein nach
hat Oldach dies Bild mit siebzehn Jahren gemalt.
Es dürfte auch sein erstes Ölbild gewesen sein,
sicher hat er es vollendet, ehe er das Bildnis des
Vaters in Angriff nahm.

Ölgemälde   Privatbesitz

SELBSTBILDNIS AUS DEM 17. LEBENSJAHRE

3*

Gegen die Kreidezeichnung aus dem Jahre vorher fällt ein erheblicher Fortschritt der körperlichen, seelischen und künstlerischen Entwickelung auf. Die Züge haben das Knabenhafte fast verloren. Während auf der Kreidezeichnung das Auge noch etwas unerwacht und kindlich blickt und die Stirn trotz des aufmerksamen Blicks in den Spiegel noch glatt liegt, hat auf dem kleinen Ölbilde der Blick etwas Eindringendes, fast Bohrendes erhalten, das durch die senkrechten Falten der Stirn noch verstärkt wird. Ein ähnlicher Wandel spricht sich im Zug des fester geschlossenen Mundes aus, die Lippen scheinen magerer geworden, der Mundwinkel, straffer angezogen, wirft einen leichten, senkrechten Schatten, der schon von Kampf erzählt. Und während auf der Kreidezeichnung der Kopf noch gleichmässig beleuchtet ist und nur am Kinn einen leichten Reflex des Kragens zeigt, ist auf dem Ölbild ein Problem des Helldunkels gestellt und gelöst. Es kommt dann noch, was sich nicht vergleichen lässt, der eigenartige und sehr zarte Ausdruck für die Farbe hinzu.

Der junge Künstler steht, Palette und Malstock in der Rechten, den sehr feinen Pinsel in der Linken, in dreiviertel Profil gesehen vor der Staffelei, die auf dem Bilde nicht sichtbar wird. Er hat genau wiedergegeben, was er im Spiegel sah, daher die Umkehrung der Handthätigkeit. Den Hintergrund bildet die Ecke des Zimmers, in der die rötliche Umrahmungsfläche der Nische gegen die grüngraue Wand stösst. Die Nische selber trägt wieder den graugrünen Ton der Wand.

Zuerst überraschen die selbständige Zeichnung

und die feinfühlige Wiedergabe der Beleuchtung.
Sehr zart ist der schwache Reflex im Schatten der
linken Wange ausgedrückt und der Schattenhauch
auf der Stirn. Mund und Kinn zeugen von einer
seltenen Kraft des Formengefühls, und das trockene
Haar ist sehr fein gezeichnet. Wie selbständig
Oldachs Auge die Farbe empfindet, lehrt der Vergleich des frischen, lebendigen Fleischtons mit den
Bildern Hardorffs, Suhrs oder Grögers. Bei Oldach handelt es sich nicht um ein Rezept, er weiss
noch nicht auswendig, wie man es machen muss,
sondern er sucht für jede Empfindung den eigenen
Ausdruck. — Sehr schön steht auch das Braun der
Palette in dem feinen Gesamtton.

Mit den Bildern seiner Lehrer Hardorff und
Suhr hat Julius Oldachs Selbstbildnis gar keine
Ähnlichkeit, und es ist auch in Farbe und Auffassung ganz anders als die Bildnisse des damals
in Hamburg sehr beliebten und vielbeschäftigten
Gröger. Es dürfte, nebenbei, sehr schwer sein,
auf einem Bildnis Grögers, der doch in Paris studiert hatte, eine so zarte, sicher gezeichnete Hand
zu finden, wie Oldach sie hier bemeistert hat.
Auch die Probleme der Beleuchtung interessieren
Gröger nicht entfernt so stark wie Oldach.

Für die ursprüngliche Begabung seines Auges
liefert dieses bescheidene Bildnis den vollgültigen
Beweis. Es ist im Prinzip besser als alle Bildnisse
der älteren Generation, die damals in Hamburg
thätig war, und das will etwas sagen, denn Gröger
gehört doch in seinen besten gemalten und litho-
graphierten Bildnissen zu den bedeutendsten deutschen Künstlern seiner Zeit.

Auch das Bildnis von Oldachs Vater muss noch in das siebzehnte Jahr des Künstlers gesetzt werden. Es ist freilich so wenig datiert wie die ersten Selbstbildnisse, und während bei diesen die Datierung keinem Zweifel unterworfen ist, giebt das Lebensalter des Vaters keinen sicheren Anhalt. Alle äusseren Umstände müssen deshalb für die Datierung in Betracht gezogen werden.

Nach den gedruckten Quellen soll Julius Oldach um 1820 überhaupt noch nicht gemalt haben. Die kurze Biographie im Neuen Nekrolog, die auf Angaben der Familie zurückgeht, berichtet, dass Julius Oldach erst 1824 nach seiner Rückkehr von Dresden mit der Ölmalerei begonnen habe. Dem widerspricht das eben behandelte Selbstbildnis, dass ihn noch in derselben Knabentracht wie auf der ersten Kohlenzeichnung und mit nur wenig reiferen Zügen darstellt. Die datierten Selbstbildnisse von 1824 und 1825 (S. 65) geben die bekannten Züge in so viel reiferem Stadium, dass das gemalte Selbstbildnis unmöglich nur um ein Jahr früher angesetzt werden kann. Die Nachricht erweist sich mithin als nicht ganz genau. Es wäre auch sehr auffallend, wenn eine Begabung wie Oldach, die gerade an der Bewältigung technischer Schwierigkeiten Gefallen fand, sich nicht schon sehr früh mit dem Material der Ölfarbe vertraut gemacht hätte. Dass in dieser Zeit der Gährung sehr junge Leute hervorragende Werke schaffen konnten, beweisen des sechzehnjährigen Erwin Speckters köstliche Bildnisse seiner Eltern. (S. Das Bildnis in Hamburg. Bd. II.)

Oldachs Bruder, der 1898 verstorben ist, war

Ölgemälde 1821   Kunsthalle

DER VATER DES KÜNSTLERS

sich nicht ganz sicher. Anfangs meinte er, dass
das Bildnis des Vaters wie das der Mutter und der
Tanten im Jahre 1824, also nach der Dresdener
Zeit entstanden sei. Später glaubte er sich zu erinnern, dass es noch aus der Zeit vor dem Dresdener Aufenthalt stammte.

Ein sorgfältiger Vergleich mit dem Bildnisse
der Mutter von 1824 giebt dieser zweiten Annahme
recht. Wären beide Bildnisse in derselben kurzen
Zeit entstanden, so wäre es unerklärlich, weshalb
sie nicht als Seitenstücke aufgefasst sind. Weder
in der Stellung noch in der Anordnung und in der
Farbe entsprechen sie einander. Vor allem aber
stehen sie in der künstlerischen Anschauung weit
auseinander. Das Bildnis des Vaters ist noch wesentlich Zeichnung, das der Mutter und der Tanten
ist schon wirkliche Malerei. Die Annahme, dass
in derselben kurzen Zeit von acht Monaten diese
in der malerischen Anschauung grundverschiedenen
Werke entstanden sein könnten, lässt sich nicht
halten.

Es bleibt also nur die Möglichkeit, dass das
Bildnis des Vaters noch in der ersten Hamburger
Zeit, also um 1820—1821 entstanden ist.

Obwohl es, mit dem Bildnis der Mutter verglichen, noch Zeichnung in Ölfarbe ist, man möchte
es fast Grau- in Graumalerei nennen, zeugt es doch
von einem koloristisch sehr feinbegabten Auge.
Wie der graue Rock auf dem graugrünen Grund
steht, das ist fast ein Kunststück.

Auf den ersten Blick wirkt die Anordnung beinahe steif und ungeschickt. Aber man fühlt doch
bald, dass sie genau so beabsichtigt ist, um den

Eindruck des Ernstes, fast der Strenge, zu erwecken. Kopf und Körper sind ganz von vorn
gesehen, der Blick ist fest geradeaus gerichtet und
die Beleuchtung trifft die Gestalt fast von vorn.
Nur ein wenig Schatten liegt auf der linken Seite
des Gesichts. Man sieht, es ist keiner Schwierigkeit aus dem Wege gegangen.

Dieses Gesicht ist das Werk einer Begabung,
die das Zeichnen eigentlich nicht erst zu lernen
brauchte. Mit staunenswerter Sicherheit sind in
dem gleichmässigen Licht die Schläfen, die Wangen
und das Ohr verkürzt, die Zeichnung des Mundes
folgt der Form mit eisernem Willen, der Blick der
Augen lässt die ernste Tüchtigkeit des Mannes fühlen, in dem der Künstler den Vater sieht und ausdrücken will; dies ganz schlichte Bildnis des ehrsa-
men Bäckermeisters erhält dadurch etwas geradezu
feierliches.

Gleichzeitig mit dem Bildnis des Vaters dürfte
das im Privatbesitz befindliche lebensgrosse Bildnis der ältesten Schwester des Künstlers entstanden sein, vielleicht ist es noch etwas früher anzusetzen. Von einem ähnlichen graugrünen Grunde
hebt sich der jugendliche Kopf im reichen Locken-
schmuck ab. Über dem weissen Tüllkragen, der
den ausgeschnittenen Hals deckt, liegen zwei Reihen
geschliffener schwarzer Perlen. Das Kleid ist dunkel erdbeerfarben mit schwarzer Einfassung.

Bei näherer Betrachtung lässt sich erkennen,
dass der Künstler mit der Technik der Malerei bei
dem lebensgrossen Format noch einige Schwierigkeiten hatte. Einzelne Stellen der Schattenpartien
wirken etwas verschmiert. Auch ist die Zeichnung

der Augen noch hart. Aber alles Wesentliche ist sehr tüchtig.

Aus diesen wenigen Jugendwerken Oldachs spricht eine vielseitige Begabung, deren Hauptmerkmale Ernst, Kraft, Unabhängigkeit und zarte, tiefe Empfindung und ein seltenes koloristisches Gefühl sind. Die ersten Lehrer hatten diese Eigenschaften durch ihren Unterricht nicht verdorben. Alle drei erhaltenen Werke weisen darauf hin, dass der Jüngling in seinem Studium nicht auf die Erlernung der Manier eines andern, sondern auf die Ausbildung der eigenen Kraft gelenkt war. Ein fast dreijähriger Aufenthalt in Dresden unterbrach diese Entwickelung.

DRESDEN

1821—1823

Im „Neuen Nekrolog" von 1830, dessen Notiz über
Julius Oldach wohl auf Angaben des Vaters zu-
rückzuführen sind (es wiederholen sich Aus-
drücke, die sich auch in der Todesanzeige finden),
wird von der Dresdener Studienzeit nicht viel ge-
sagt. Julius Oldach habe sich dort an der Akademie zum Historienmaler ausbilden wollen, im
Herbst 1823 sei er nach Hamburg zurückgekehrt
in dem Bewusstsein, seine Zeit aufs Beste ausgenutzt zu haben.

In den — unvollständig erhaltenen — Matrikeln
der Dresdener Akademie kommt Julius Oldachs
Name nach amtlicher Auskunft nicht vor. Dagegen
finden sich Hinweise auf ihn in den Ausstellungs-
katalogen der Akademie von 1821 und 1822. Im
ersten Jahre stellt er einen Akt nach Matthäi,
Kreidezeichnung auf farbigem Papier, im folgenden
Jahre die Büste des Apoll von Belvedere aus;
beidemal unter der Rubrik „Kunstschule bei der
königlichen Akademie unter Leitung der Professoren Seifert und Richter und des Zeichenmeisters
Edlinger". Das Verzeichnis von 1823 nennt seinen
Namen nicht mehr.

In diesen kurzen Notizen liegt etwas wie eine
Bestätigung der Andeutung aus dem Nekrolog, dass
Oldach in Dresden nicht gemalt habe. Hätte er
eine Arbeit in Öl zur Verfügung gehabt, so würde
die Schule sie dem Publikum kaum vorenthalten
haben. Von den gleichzeitig mit ihm in Dresden
studierenden Hamburgern stellten 1822 Koopmann
und Heinrich Schulz Ölbilder aus.

Mit Sicherheit nachweisbar ist bisher aus den
Dresdener Jahren nur eine Handzeichnung, die
die Jahreszahl 1822 trägt, im Besitz der Kunsthalle. Es ist das Bildnis eines jungen Mannes, eine
Bleistiftstudie auf grauem Papier. Der Unterschied
gegen die erste Zeichnung der Hamburger Zeit
und die drei Jahr später in München gezeichneten
Köpfe ist sehr gross. Es liegt etwas elegantes,
schulmässiges in der Auffassung und in der Ausführung. Man würde Oldach nicht darin erkennen.
Das erste Selbstbildnis des Knaben war viel mehr
er selbst.

Diesem Blatte nahe verwandt ist eine andere
Zeichnung, die die Kunsthalle aus demselben Nach-
lasse besitzt, ein sehr ausdrucksvoller Jünglings-
kopf in langem, dunklem Haar, das glatt herab-
hängt. Der Blick der grossen Augen ist aufwärts
gerichtet, der kräftige Mund fest geschlossen. Es
liegt die Melancholie über diesem Antlitz, die bei
begabten Menschen im Uebergangsalter auftritt.
Man möchte an einen Kameraden Oldachs, einen
jungen Maler oder Bildhauer denken. Das graue
Papier, der weichere Bleistift, der auf starke Ge-
gensätze von Hell und Dunkel führt, einzelne weiss
gehöhte Partien weisen auf die frühe Zeit, wo der

junge Künstler noch malerische Ausdrucksmittel
auch in der Zeichnung anstrebte. Die Zeichnungen der Münchener Zeit sind mit spitzestem Bleistift auf weissem Papier ausgeführt.

Das ist alles, was sich über diese wichtige Epi-
sode finden liess. Es ist dies sehr zu bedauern,
denn der Künstler selbst scheint nach der oben
angeführten Wendung aus dem Neuen Nekrolog mit
den Ergebnissen seiner Studien zufrieden gewesen
zu sein. Sicher war es eine angeregte Zeit für
ihn, denn Dresden erfreute sich damals besondern
Zuspruchs von Hamburg. Gerdt Hardorff junior,
der Sohn von Oldachs erstem Lehrer in Hamburg,
wird 1820 in Dresden erwähnt, und 1822 und 23
stellen dort als Schüler der Akademie Adolph
Loesser, Louis Asher, Heinrich Schulz, Koopmann
und Porth aus, eine ganze Kolonie von Hamburgern, wie sie sich wenige Jahre später in München
bildete.

Wie weit ihn der Unterricht der Akademie
und der Besuch der Kunstsammlungen gefördert
hat, lässt sich nicht erkennen, da mit Ausnahme
der beiden kleinen Bildniszeichnungen keine Arbeiten aus dieser Zeit aufzufinden waren. Einen
Fortschritt über die ersten Hamburger Jugendarbeiten hinaus verraten sie nicht. Was er in Dresden ausstellte, die Kopie einer Handzeichnung und
die Zeichnung nach Gips, erlaubt keine Schlüsse
auf ein direktes Naturstudium.

Über die Verhältnisse in Dresden sind wir aus
verschiedenen Quellen unterrichtet.

Die verkümmernde Tradition des achtzehnten
Jahrhunderts herrschte an der Akademie unum-

schränkt und liess das Neue nicht aufkommen, wo
sie es verhindern konnte.

Ausführlich hat sich Ludwig Richter in seinen
Lebenserinnerungen über den akademischen Unterricht jener Epoche ausgelassen. Er war ein Jahr
älter als Oldach und schildert die Zustände, die
kurze Zeit vor Oldachs Ankunft im Unterricht
herrschten. Er erzählt:

„Das Zeichnen auf der Akademie nach Origi-
nalen (das heisst nach Originalzeichnungen: Oldach
stellte einen Akt nach Matthäi aus, s. o.) und
später nach Gips wurde damals ebenfalls sehr
mechanisch getrieben. Auge und Hand wurden
indes geübt, obwohl ich nicht wusste, worauf es
denn eigentlich ankam. Man lernte eben einen
Umriss machen und bemühte sich, eine schöne
Schraffierung herauszubringen. Dass es sich um den
Gewinn einer gründlichsten Kenntnis des mensch-
lichen Körpers und um ein feines Nachempfinden
der Schönheit dieser Form handle und deshalb
um eine möglichst strenge, genaue Nachbildung
zu thun sei, das wurde mir nicht und wohl den
Wenigsten klar. Es war mehr eine mechanische
Kopistenarbeit, und die Antike wie das Modell
wurden von dem Lehrer in konventionelle Formen
gebracht, ziemlich ebenso, wie es Zingg mit den
landschaftlichen Gegenständen machte. Jedoch regte
sich in den oberen Klassen unter einigen der be-
gabteren Schüler bereits ein anderer Geist, welcher
der landesüblichen Lehrmethode ganz entgegengesetzt war."

Es war der erste Wellenschlag des Nazarener-
tums, der von Wien aus nach Dresden drang.

Richter vergisst nicht zu erwähnen, dass die Professoren vor dem „altdeutschen Unsinn" warnten. Das alte Zopftum sei zwar im Absterben gewesen, habe aber in olympischer Sicherheit den tollen Rausch der Sprösslinge belächelt.

Richter hat schwer unter diesem Zwang gelitten, der ihn vom Studium der Natur mit aller Macht fern hielt. Beim Landschafter Zingg hatte er lernen müssen, „Baumschlag in der gezackten Eichenmanier und der gerundeten Lindenmanier" zu schreiben, wie man Buchstaben lernt. Später wurde es noch schlimmer unter Schubert, der, um seine Methode des Baumschlags deutlich zu machen, Modelle aus Papier herstellte.

„Wenn ich an diese beengenden Zustände denke," sagt Richter, „so begreife ich wohl, wie schwer es war, sich aus den Banden solcher durch Autorität und Tradition sanktionierter Irrtümer herauszuwinden. Ein dunkles Gefühl im Innern verlangte das einfach Wahre, Naturgemässe, aber — die Not des Lebens, die Abgeschlossenheit in dem engen Kreise des Hauses und die Autoritäten, denen ich vertraute, hielten die klare Erkenntnis des Rechten zurück und damit den Mut, sich von alledem zu befreien."

Einige Jahre später klagt ein junger Hamburger, der die Dresdener Akademie besucht, seinem alten Lehrer Hardorff in Hamburg ausführlich sein Leid. Die Akademie fördere ihn nicht; er müsse genau die Manier seines Lehrers nachzuahmen lernen. Es wäre nicht auszuhalten, wenn er nicht ausserhalb der Akademie für sich Naturstudien mache. Es war also bis 1824, wo Oldach nach Hamburg zurückkehrte, an den von Richter gekennzeichneten Zuständen nichts geändert. Das neue Leben, das die Landschafter Friedrich und Dahl in Dresden vertraten, und das durch einzelne Schüler der Nazarener hingetragen wurde, bewegte sich ausserhalb der Mauern der Akademie.

Vielleicht erlaubt die Bemerkung im Nekrolog, Julius Oldach sei mit dem Bewusstsein zurückgekehrt, seine Zeit aufs Beste ausgenutzt zu haben, den Schluss auf Privatstudien. Die Akademie wird nicht erwähnt, und später wendete sich der Künstler zur Fortsetzung seiner Studien nicht nach Dresden sondern nach München.

HAMBURG

1824

Die acht Monate seines Aufenthalts in Hamburg um 1824 müssen für Julius Oldach von sehr grosser Bedeutung gewesen sein. Allem Anschein nach hatten sie auf seine Entwickelung einen entschiedeneren Einfluss als die Dresdener Jahre.

Wer in Dresden seinen Verkehr gebildet hat, wissen wir nicht. Von seinen Landsleuten, die mit ihm zugleich die Akademie besuchten, sind uns Loesser und Schulz ganz unbekannt, Porth hat nachher in Hamburg als Bildnismaler und als Förderer des Turmbaues von St. Nicolai eine Rolle gespielt, Louis Ashers Wirken als Bildnismaler und geistreicher Gesellschafter ist unvergessen. Aber wie weit sie mit Oldach verkehrten, wie weit sie ihn angeregt haben, lässt sich nicht mehr erkennen.

Und doch pflegt ja der junge Student wie der junge Künstler auf der Hochschule die kräftigste Förderung vom Umgange mit Altersgenossen gleichen Strebens und gleicher Gesinnung zu empfangen. Im Verkehr mit ihnen erst wird er sich des eigenen Inhalts und des eigenen Willens bewusst, und es bildet, festigt und klärt sich im Austausch der geistige Besitz der neuen Generation. Oft spielt daneben eine geringere Rolle, was von der lehrenden Generation empfangen wird.

Dieser herzliche Umgang mit gleichstrebenden Altersgenossen sollte Julius Oldach zuerst, wie es scheint, in Hamburg beschieden sein. Er fand ihn im Hause der Speckter durch Erwin, der zwei, und Otto, der fünf Jahre jünger war als er.

Das Oldachsche und das Specktersche Haus sahen sich nicht ähnlich. Bei Oldachs ging es schlecht und recht nach altem Brauche her. Was wir von den Familiengliedern wissen, was wir aus äusseren Umständen schliessen, lässt ein starkes gefestigtes Wesen erkennen, das als Ganzes und in seinen einzelnen Gliedern feste Bahnen wandelt. Dabei nirgend Beschränktheit und Verknöcherung. Dem Genie, das in diesem Kreise aufsteht, werden keinerlei Hindernisse in den Weg gelegt. Julius Oldach erhält schon als Knabe den besten Unterricht und wird als Siebzehnjähriger auf die Akademie gesandt. Es wird nicht von ihm verlangt, dass er so bald wie möglich erwerben solle. Als Julius Oldach starb, scheint er noch kein Bild im Auftrag gemalt oder verkauft zu haben. Wie stolz und freudig er sich in der Gemeinschaft dieser Familie bewusst war, beweist, wenn es neben all den Bildnissen der Seinen eines Beweises bedürfte, die Einfügung des Bäckerkringels in sein Monogramm, das Monogramm eines Corneliusschülers! Auch den übrigen Söhnen wird kein Hindernis bereitet, wenn sie als Arzt oder Kaufmann in eine andere Gesellschaftsklasse eintreten wollen, und Ferdinand Oldach hat in hohem Alter, fast als

Achtzigjähriger, die Frische bewiesen, das väter-
liche Gewerbe aufzugeben und sich ein neues
Leben zu schaffen. Das Ganze ist ein erquicken-
des Bild von Stetigkeit und fester Lebensführung,
der jede Spur von Beschränktheit abgeht, und die
heranwachsenden Kinder müssen viel Anregung
ins Haus gebracht haben.

Zu diesem, in sicherem Bett fliessenden Strom,
steht der Lebenslauf Michael Speckters, des Vaters
von Erwin und Otto, in einem Gegensatz. Er hat
das accidentierte einer Künstlerlaufbahn. Michael
Speckter hatte von Jugend auf starke künstlerische
und litterarische Interessen, zeichnete, schriftstel-
lerte, war in günstiger Zeit Kaufmann geworden,
hatte sich eine grosse Sammlung von Kupfersti-
chen angelegt und gründete 1818 die erste Stein-
druckerei in Hamburg.

Dies wechselvolle Leben gab dem Hausvater
eine Fülle persönlicher Beziehungen zu Männern
aller Klassen und Berufe, die ein ehrsamer Bäckermeister nicht haben konnte, auch wenn er, wie
Vater Oldach, am politischen Leben der Stadtge-
meinde teilnahm. Bei Speckters gehörte Herterich,
ein Künstler und Mann der Gesellschaft, zur Familie. Alle Sammler und Kunstfreunde gingen aus
und ein, darunter keine geringeren als Rumohr und
Harzen. In diesem Kreise wurde damals der Hamburger Kunstverein gegründet. Die beiden Knaben,
die in diesem Hause aufwuchsen, nahmen schon
als Kinder eine Fülle von Bildungsstoff auf, der
nie über die Schwelle des Oldachschen Hauses
getragen wurde. Mit alter Kunst waren sie von
der ersten Dämmerung des Bewusstseins vertraut,

in der Werkstatt des Vaters erlebten sie die leben-
dige Kunst, und durch Leonhard Wächter (Veit
Weber), ihren Lehrer und durch die Interessen
ihrer Eltern wuchsen sie in die Litteratur hinein.
Sie lebten in Goethe.

Was es für sie bedeutete, einen Kameraden wie
Julius Oldach zu bekommen, mit welcher Anzie-
hungskraft das Specktersche Haus und die Speck-
terschen Knaben umgekehrt auf Julius Oldach
wirkten, kann man sich leicht ausmalen. Ein äusse-
res Zeugnis haben wir in einem Bildnis der drei
jungen Leute von 1824, das im 2. Bande des
„Bildnis in Hamburg" Seite 126 veröffentlicht ist.
Erwin Speckter legt hier seine Arme um die Schultern seines Bruders und seines Freundes. Ein
andermal zeichnet Erwin seinen Freund und sich
selbst, wie sie in einem Hofe nach der Natur
zeichnen (Das Bildnis in Hamburg, Bd. II, S. 128).

Dass Julius Oldachs Bildnisse der Tanten und
der Mutter 1824 in Hamburg entstanden sind, ist
durch den Nekrolog und durch die Aussage des
Bruders bezeugt. Doch wenn die Tradition auch
fehlte, würden wir sie keiner andern Epoche zu-
schreiben dürfen. Ein Jahr später setzte in Hamburg der nazarenische Einfluss bereits ein, der
Erwin Speckter von Overbecks Vorbild abhängig
macht, und die datierten Bildnisse, die Oldach 1828
nach seiner Rückkehr aus München malte, sind in
der Technik, in der Farbe und in dem Grade des
Interesses an der Erscheinung so grundverschieden,
dass es uns unmöglich erscheint, die drei Frauenbildnisse hier einzureihen.

Am nächsten sind sie, so weit sich bis jetzt

Ölgemälde 1824   Kunsthalle

DIE MUTTER DES KÜNSTLERS

erkennen lässt, den Bildnissen verwandt, die in
Hamburg von Erwin Speckter, vielleicht nicht ohne
Erinnerung an intime Bildnisse von Jacob Tischbein, gewagt wurden. Wir besitzen als Geschenk
des Herrn Cordes ein sehr liebenswürdiges Bildnis
einer älteren Dame von Jacob Tischbein, das im
Format und in der Anordnung ungefähr den Bildnissen der Eltern von Erwin Speckter entspricht.
Der Unterschied liegt ebenso sehr in dem Wesen
der dargestellten Menschen, wie in dem der Künstler. Die alte Dame bei Jacob Tischbein gehört
einem repräsentierenden Geschlecht von aristokra-
tischer Lebenshaltung an, sie sitzt sehr aufrecht
und verschmäht selbst in der Ruhe das Sichgehenlassen, ihre wohlgepflegte rechte Hand liegt zier-
lich auf einem weissen Tuch im Schooss, die linke
blättert in einem Buche, ein seidener Vorhang,
ein geschnitzter Lehnstuhl gehören als Dekoration
zu einem solchen Geschlecht. (Abgebildet im Bildnis in Hamburg, Bd. II, S. 41). Die Eltern Speckters tragen die entgegengesetzte Haltung, sie geben sich ganz ohne Apparat, sie lassen sich gehen,
die Mutter bezeichnender Weise etwas weniger als
der Vater, obgleich sie als arbeitsame Bürgersfrau
den Strickstrumpf in den Händen hält.

Es lässt sich wohl vorstellen, wie der Verkehr
mit Erwin Speckter und der Anblick der Gemälde
des um zwei Jahre jüngeren Kameraden auf Julius
Oldach wirkte. Es musste ihn drängen, sich als
Maler auf demselben Gebiete aufs neue einzusetzen,
wo seine Entwickelung durch das Studium auf der
Akademie drei Jahre vorher abgebrochen war. Er
hat nicht etwa Erwin Speckter nachgeahmt.

Ölgemälde, Hamburg 1824   Kunsthalle

TANTE ELISABETH

Es liegt nahe, im Bildnis der Mutter das erste in dieser Epoche entstandene Werk Julius Oldachs zu sehen. Der Abstand von dem Bildnis des Vaters um 1820 ist sehr gross. Zwei oder drei Jahre Entwickelung dazwischen wollen nicht zuviel erscheinen. Anordnung, Auffassung und Farbe sind ganz verschieden und das künstlerische Ausdrucksvermögen steht beim Bildnis der Mutter auf einer sehr viel höheren Stufe.

In einer Äusserlichkeit mutet das Bildnis der Mutter noch ziemlich altertümlich an, die Ecken sind noch immer im Zirkelschlag ausgemalt, wie das im siebzehnten und achtzehnten Jahrhundert vielfach üblich war. Dieselbe Einfassung findet sich noch beim Bildnis der Tanten. Nach seiner Rückkehr von München giebt der Künstler sie auf.

Aber von dieser altertümelnden Einfassung, die Gröger und andere gleichzeitige Maler längst aufgegeben hatten, und die einen äusserlichen aber starken Beweis liefern, dass Oldach in Dresden von der nazarenischen Richtung noch nicht berührt worden war, sind die Bilder der Mutter und der Tanten die That eines Jünglings, der seine eigenen Wege ging.

Gegen das Bildnis des Vaters zeigt das der Mutter in der Beobachtung der Phänomene und in den Ausdrucksmitteln einen grossen Fortschritt: alle Materie, das welke Fleisch, die lose fallenden Spitzen, das Atlasband, die Seide des Kleides kommt völlig zu ihrem Recht, und das Spiel der Lichter auf dem Fleisch, die Luft zwischen den Wangen und der Spitzenhaube sind überzeugend ausgedrückt, wo auf dem Bilde des Vaters alles noch wesentlich Zeichnung war.

Ölgemälde 1824   Kunsthalle

TANTE KATHARINA

Aber die Kunst der Technik ist der Kunst der Charakterschilderung durchaus untergeordnet. In der Erinnerung bleiben nicht zuerst die Spitze, die über die Stirn fällt, die Atlasschleife, mit der die Haube unter dem Kinn geschlossen ist, sondern der milde Blick des Auges und die Linie des zarten Mundes haften.

Alle die neuen und grossen Eigenschaften, die auf diesem Bildnis überraschen, finden sich auf den wenig späteren Bildnissen der Tanten Elisabeth und Katharina wieder.

Tante Elisabeth war eine alte kränkliche Dame, die viele körperliche Schmerzen auszustehen hatte. Oldach schildert sie, wie sie dasitzt, die Hände über den Leib gelegt, man möchte sagen gepresst, die Rechte mit einer zur Gewohnheit gewordenen Bewegung den linken Unterarm umspannend, als sollte ein innerer Schmerz unterdrückt werden. Das magere alte Gesicht mit den senkrechten Stirnfalten, den Höfen um die tiefliegenden Augen, den zusammengepressten Lippen und heruntergezogenen Mundwinkeln verrät die Gewohnheit, Schmerzen zu verbeissen.

Tante Katharina war eine andere Natur. In Vater Oldachs Hause, wo nach altem Brauch die Frau Meisterin den Verkauf auf der Diele zu überwachen hatte, führte sie den Haushalt. Oldachs Bruder erinnerte sich ihrer sehr lebhaft und ein heiterer Zug flog über sein Gesicht, wenn er von ihr sprach. Sie sei immer thätig, immer heiter und aufgeräumt gewesen, obgleich sie etwas verwachsen war. Wenn die Hausarbeit gethan war und sie sich zum Stricken hingesetzt hatte, musste

sie immer jemand haben, der sich mit ihr unter-
hielt, und über die unermüdlich arbeitenden Hände
weg ging sie in Ernst und Scherz auf jedes Gespräch ein. So hat sie Julius Oldach, der viel von
ihr hielt, geschildert. Ihre kleinen Hände sind mit
dem Strickstrumpf beschäftigt, ihre Augen ruhen
auf dem Partner im Gespräch, ihr Mund schürzt
sich zu einer Antwort.

Alle diese drei Bildnisse haben dieselben grossen
Eigenschaften, sie sind stark und zart zugleich und
technisch von erstaunlicher Sicherheit und Voll-
endung nicht nur für die zwanzig Jahre des Künstlers. In der Farbe sind sie einander ziemlich gleich,
die Damen trugen eben das schwarze Kleid und
die weisse Haube. Nur bei der kranken Tante
Elisabeth ist die Haube mit zart blauweissen Bändern am Scheitel und Kinn geschmückt. Als Grund
hat Oldach überall ein leuchtendes grünliches Grau
genommen, auf dem Schwarz und Weiss so gut
stehen wie der Fleischton, der namentlich bei der
Mutter und Tante Katharina auffallend wahr wirkt.
Bei der Kranken waren die gelblichen und grün-
lichen Töne in der Natur vorhanden.

Der Weg, der zu Leistungen wie diesen Bildnissen führte, weist auf das Selbstbildnis des Sieb-
zehnjährigen und das Bildnis seines Vaters aus demselben Lebensjahre zurück. Aber sie gehen weit
darüber hinaus im Gefühl für die malerische Wirkung. Das Bildnis der Mutter ist durchaus auf die
Fernwirkung berechnet, die es von seinem Platze an
der Wand ausüben soll. Es beherrscht das ganze
Zimmer. So bedeutend das Bildnis des Vaters ist,
diese Macht besitzt es in weit geringerem Grade.

Dresdener Vorbilder scheinen nicht mitgewirkt
zu haben. Es ist mir bisher nicht gelungen, ein
Werk eines seiner Dresdener Lehrer zu finden,
und es ist mir auch keines nachgewiesen worden,
das Oldach in den Bildnissen des Jahres 1824 nachgeahmt haben könnte.

Soweit war Julius Oldach mit zwanzig Jahren
aus eigener Kraft gekommen. Da wurde seine Entwickelung, die schon einmal durch den Besuch der
Dresdener Akademie in andere Bahnen gelenkt war,
jäh abgebrochen.

Mit Erwin Speckter geriet er unter den Einfluss der Nazarener. Innerhalb eines einzigen Jahres waren sie wie verwandelt. Von Erwin Speckter
besitzen wir ein Zeugnis dieser plötzlichen Be-
kehrung zu einem neuen Ideal. Noch 1824 stand er
auf demselben Boden wie sein Freund Oldach mit
den drei Frauenbildnissen; schon 1825 malt er im
neuen Glauben das Gruppenbildnis seiner Schwestern (in der Kunsthalle), ein Bildnis in der Anordnung eines Heiligenbildes, raumlos und luftlos,
in bunten Farben mehr gezeichnet als gemalt,
himmelweit entfernt von dem naiven Realismus
der drei Jahre früher, in seinem sechzehnten Jahre
entstandenen Bildnisse seiner Eltern. Wenn von
Oldach Bilder aus diesem Jahre vorhanden wären,
dürften sie ähnlich aussehen. Aber es scheint keine
zu geben, weder litterarisch noch in der Tradition
giebt es Spuren, dass Oldach in München, wohin er
1824 ging, ernsthaft gemalt hätte.

MÜNCHEN

1825—1827

In den acht Monaten seines Hamburger Aufenthaltes 1824 hatte Julius Oldach im Anschluss an die Tradition seiner Heimat eine hohe Staffel seiner künstlerischen Ausbildung erstiegen. Die Bildnisse seiner Mutter und seiner Tanten stehen hoch über den in unserem Jahrhundert ziemlich niedrigen Durchschnittsleistungen zwanzigjähriger Künstler und sind nur zu verstehen als die Arbeiten einer sehr grossen Begabung, die schon im Knabenalter der Kunst zugeführt worden war. Er tritt in diesen Bildnissen als eine tiefe und vielseitige Natur auf, deren künstlerische Teilnahme, der gesamten Erscheinung zugewendet, das Wesen der kranken alten Dame, die wie von steten inneren Schmerzen durchwühlt dasitzt, so gut empfindet und ausdrückt wie den leichten Fall der Spitzen an ihrer Haube und den zarten Schein der seidenen Bänder unter ihrem Kinn. Sein Ziel ist nicht die weltmännische Zierlichkeit, sondern Wahrheit. Jedes neue Bildnis ist ihm ein neues Problem, denn er sucht schon in der Haltung und Anordnung den besonderen Menschen zu kennzeichnen. Wie ihm das gelang, lehrt ein Vergleich der Bildnisse der Eltern und der Tanten.

Als Künstler dieser Kraft und dieser Richtung geht er nach München, angelockt von dem Glanz, den das Auftreten und die Kunst des Cornelius verbreiteten.

Cornelius war 1825 von Düsseldorf nach München berufen. Mit ihm zog ein neuer Geist dort ein. Der Akademismus, dessen hemmende Wirkung auf die Jugend Ludwig Richter so beredt geschildert hat, sollte überwunden, eine nationale Kunst geschaffen werden, und das politisch unterdrückte deutsche Wesen fand darin ein Ventil, die überschüssige Kraft, an der es erstickte, auszuströmen. Es hat etwas Rührendes, aus den Aufzeichnungen der Künstler, die von diesem Rausch mitergriffen waren, die selige, jubelnde Stimmung jener Jahre auf sich wirken zu lassen.

Aber für das, was dort geschaffen werden sollte, war die Schulung nicht da. Es war zuviel auf einmal verlangt, und grosse Kräfte wurden verpufft wie in einem Feuerwerk. Was Cornelius in den Fresken der Casa Bartholdy bereits erreicht hatte, konnte er in München bei der ungeheuren Ausdehnung der Aufträge nicht aufrecht erhalten, bei seiner eigenen Leistung nicht und noch weniger bei der seiner Schüler. Anschauung und technisches Vermögen verkümmerten, statt sich zu entwickeln, und schliesslich war der Teufel nur durch Beelzebub ausgetrieben.

Wie mag Julius Oldach sich in diesem Kreis gefühlt haben? Was er mitbrachte, die Fähigkeit, genau zu beobachten und was er gesehen und empfunden künstlerisch zu gestalten und in einer sehr subtilen Technik auszudrücken, konnte er als

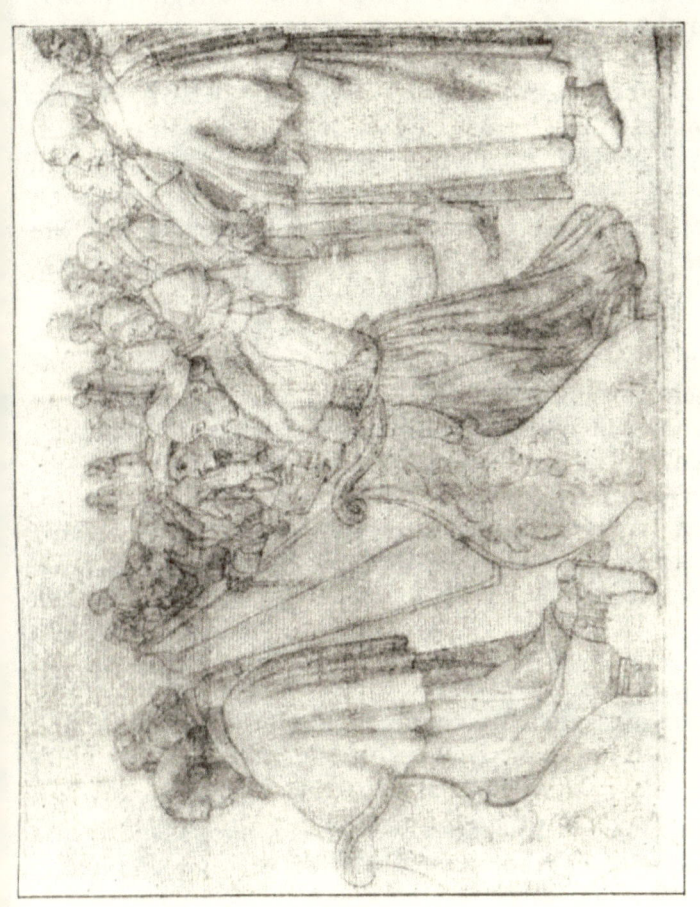

Bleistift   BETENDE IN ST. MICHAELS   Kunsthalle

Schüler von Cornelius nicht brauchen. Er musste neue Dinge lernen, die ihm ganz fern lagen: bei der Ausführung der Fresken Hand anlegen, grosse Kartons entwerfen.

Wie diese neue Welt auf ihn wirkte, wissen wir nicht. Ob er einen Rest der Kritik behielt, ob der Rausch, wie die andern, auch ihn ergriff, lässt sich nicht mehr sagen. Es scheint jedoch, als ob der Zwanzigjährige sich der überlegenen Persönlichkeit des Cornelius hingegeben hat wie alle anderen. Wollte er doch später, um 1830, den Meister nach Rom begleiten.

Erhalten ist aus der Münchener Zeit fast nichts. Ein grosser Karton, Siegfrieds Tod, den er mit nach Hamburg gebracht hatte, ist, wie Herr J. F. N. Oldach annahm, auf einem Boden verkommen, wenn er nicht noch irgendwo verborgen liegt, wo ihn niemand vermutet. Die Ölmalerei scheint er, was ja auch von vornherein wahrscheinlich, aufgegeben zu haben, weder ein fertiges Werk noch eine Nachricht hat sich bisher gefunden. Erhalten blieb nichts als einige Handzeichnungen und ein Bildnis Mildes (Untermalung, Stadtbibliothek in Lübeck).

Diese Handzeichnungen finden sich als Vermächtnis des Bruders in der Kunsthalle. Es sind Bildnisstudien, eine Skizze des Abschieds des Tobias und eine Darstellung andächtiger Bauern und Bürger während der Messe in der St. Michaelskirche; fast alles Bleistiftzeichnungen.

Die Studie aus der Michaelskirche ist eigentlich eher Bild zu nennen. Für den Norddeutschen ist die Wahl des Themas sehr charakteristisch.

Noch heute giebt es im süddeutschen Volksleben
kaum einen anderen Zug, der uns so ergreift und
wohl gar erschüttert wie der Ausdruck des religi-
ösen Lebens bei der Münchener Bevölkerung. Die

Bleistift   Kunsthalle
                   SELBSTBILDNIS
                   München 1825

alte Marktfrau, die in der Kirche ihre Körbe ab-
setzt und mit erhobenen Händen vor der Kapelle
der Gnadenmutter kniet, von all den kleinen
Flämmchen der Opferkerzen angestrahlt, die Knie-
enden und Betenden vor der Mariensäule auf dem

Markt und in der Michaelskirche und der Frauenkirche offenbaren ein religiöses Leben, für das die
norddeutsche Heimat keine Erfahrung bietet. Das
hat Oldach im Innenraum der Münchener Michaelskirche geschildert.

Auf den Bänken knien in buntem Gemisch die
Andächtigen, hinter ihnen stehen in ebenso buntem
Durcheinander Betende, die nicht Platz gefunden
oder genommen haben. Oldach hat hier an der
Darstellung fremder Menschen bewiesen, dass er
nicht nur das Wesen der ihm vertrauten Wesen
seiner nächsten Umgebung zu fühlen vermochte.
Jeder einzelne der Münchener Typen ist nicht nur
gesehen, sondern empfunden und mit unheimlicher
Energie ausgedrückt. Man könnte das Ganze eine
Studie über den Ausdruck der Andacht nennen,
wenn es ein Werk im Sinne Hogarths wäre. Aber
es ist mehr, es ist ein Bild. Das eine Gefühl,
das sich in tausend Formen äussert, eint die bunt
zusammengewürfelte Menge. Man denkt an Holbein und Leibl, und es ist doch ganz Oldach. Alles
ist echt auf dieser Studie, die inbrünstige, die
entrückte, die träumerische, die konventionelle, die
blöde Andacht, und nichts ist übertrieben. Alles
ist lebendig, bis in die kaum umrissenen fernen
Silhouetten.

Hätte Oldach dies Bild damals gemalt! Hätte
er es als Corneliusschüler noch mit der Schlichtheit wie die Bilder der Tanten und der Mutter
malen können!

Hierhin neigten seine Kraft und sein Interesse.
Diese Studie mit den wundervollen Charakterköpfen
und seine später in Hamburg entstandenen Zeich-

nungen und Bilder verraten, was ihn als Künstler
im Innersten anzog: das moderne Leben und die
alten germanischen Meister der Galerie.

Bleistift   Kunsthalle
BILDNISSTUDIE
München 1825—1827

Es ist müssig zu fragen, wie seine Entwickelung verlaufen wäre, wenn er, statt Cornelius bei
den Fresken zu helfen und den grossen Karton von

5*

Siegfrieds Tod zu zeichnen, wie Hermann Kauffmann etwa von Hess auf das Leben seiner Zeit
geführt wäre.

Ausser dem bedeutungsvollen Blatt mit den Andächtigen in der St. Michaelskirche weisen nur
noch einige Bleistiftzeichnungen auf die Münchener
Jahre.

Datiert ist darunter ein Blatt mit dem Selbstbildnis (Vergl. S. 65) und dem Abschied des jungen
Tobias. Von Julius Oldachs Hand steht mit Tinte
dazu geschrieben: Thu' recht und fürcht Niemand.
Zur Erinnerung an Deinen Bruder Julius. München im May 1825. Das „fürcht", das der Hamburger wohl nicht ohne e schreiben würde, klingt
schon münchnerisch.

Dies Selbstbildnis zeigt den Einundzwanzigjähri-
gen zum ersten mal als Erwachsenen. Sein Profil
ist noch energischer geworden, die Schultern haben
ausgelegt. Natürlich ist auch die Tracht verändert.
Der Sechzehn- und Siebzehnjährige trug, als er
sich zuerst zeichnete und malte (Vergl. S. 35)
noch den Knabenkragen über der Jacke. Auch das
Haar wird üppiger getragen und wächst als eine
Art Ansatz von Bart beim Ohr herab. Der Abschied des jungen Tobias, eine miniaturartige Bleistiftzeichnung, erinnert an ähnliche Entwürfe von
Erwin Speckter. Magere Formen, lange dünne Falten, kleine zarte Köpfe. Tobias tritt mit dem Fuss
über die Schwelle und wendet sich noch einmal
zurück, der Vater hält seine Hand fest, die Mutter
legt ihm die Hand auf die Schulter, der Engel
weist nach oben. Das Lebendigste ist der kleine
zögernde Hund auf der Schwelle.

Dass dieses elegante, aber durchweg konventionelle Blättchen von demselben Künstler stammt,
der in derselben Epoche seiner Entwickelung die
Andächtigen in St. Michaels gezeichnet hat, sollte
man nicht für möglich halten. Aber die Thatsache,

Bleistift   Kunsthalle

BILDNIS JULIUS WAGNERS
München 1825—1827

dass er sein Bildnis mit dieser Scene begleitet,
die seine eigene Scheidestunde symbolisiert, hat
als Zeugnis für den Familiensinn des Künstlers
ihren Wert.

Die übrigen Zeichnungen, die in die Münchener
Zeit gehören, fast alle im Besitz der Kunsthalle,
sind Bildnisse von Freunden und Bekannten und
Studienköpfe. Gelegentlich sind ein halbes Dutzend
Charakterprofile hintereinander gestellt wie auf den
Karikaturen Lionardos. Auch zarte Studien sehr
kleinen Formats nach dem Nackten, eine Ansicht
von München, wie aus dem Fenster seiner Woh-
nung genommen und ein paar Versuche mit der
Feder finden sich auf diesen Skizzenblättern. Die
Stellung der Köpfe ist höchst mannigfaltig, die
Durchführung verschieden. Bald begnügt er sich
mit dem zarten Umriss der Maske, bald geht er
ins Detail soweit ihn sein nazarenischer Bleistift
trägt. Aber trotz des spitzen Bleistifts wirken diese
Studien doch nicht hart sondern zart.

So wenig wie in Dresden scheint Oldach in
München gemalt zu haben. Nur die 1826 datierte
Untermalung von Mildes Bildnis weist auf eine
Beschäftigung mit der Technik hin, die er vor und
nach seinem Dresdener Aufenthalt in Hamburg so
eifrig gepflegt hatte. Und dies vereinzelte Werk
ist unvollendet geblieben. Kaum dass sich erkennen lässt, dass es den in Hamburg entstandenen
Bildnissen absolut unähnlich geworden wäre. Hart,
bunt und luftlos verrät es denselben Umschwung
der malerischen Gewöhnung, der zwischen Erwin
Speckters Bildnissen seiner Eltern und dem Grup-
penbild seiner Schwestern liegt.

Bleistift　　　　　　　　　　Kunsthalle

BILDNIS EINES MANNES

München 1825—1827

Hätte Oldach in Dresden und München gemalt, so würden uns seine Werke höchst wahrscheinlich erhalten geblieben sein. Denn von seinen Bildern ist, soviel sich nachweisen lässt, keins verloren gegangen.

In München muss sich Oldach sehr wohl gefühlt haben. Es war ein ganzer Kreis seiner Landsleute dort; Koopmann, Speckter, Marr, Janssen und Wasmann standen ihm am nächsten.

Aus dem Stammbaum

Federzeichnung   Kunsthalle

BLICK AUF DIE ALSTER 1829

HAMBURG
1827—1829

Als Julius Oldach von München in seine Heimat zurückkehrte, war er ein anderer geworden. Wie weit er sich dessen bewusst
war, können wir nicht sagen. Aber es sind alle
Anzeichen vorhanden, dass er sich in einem Gegensatz zu Cornelius fühlte, wenn nicht zum Menschen, so doch zum Künstler.

Von Oldachs Freund, Erwin Speckter, wird uns
ausdrücklich berichtet, dass er, nach seiner Münchner Zeit auf eigene Füsse gestellt, der Farbe zu-

strebte. Es heisst in seiner Biographie von Wurm, dass er sich die kräftige Farbe seiner Bilder aus den dreissiger Jahren in einer früheren Epoche nicht würde verziehen haben.

So geht auch aus Oldachs in Hamburg 1827 bis 1829 entstandenen Bildern hervor, dass er wieder auf Farbe ausging. Es glückt ihm nicht gleich und nicht immer. Der Mephisto in Fausts Gewand wurde schon von Zeitgenossen wie Wasmann als hart getadelt, und das in einigen Teilen mit Recht. Aber das Architekturbild der St. Johanniskirche und das nicht ganz vollendete Ölbild „Hermann und Dorothea" erheben sich, etwas später entstanden, auf eine weit höhere Stufe.

An die Bildnisse der Mutter und der beiden Tanten von 1824 reicht keines der späteren Werke heran.

Oldachs Auge war durch den Anschluss an den Cornelius der Münchener Zeit verändert. Auch die feinste Natur geht nicht ohne Einbusse an Kultur und Vermögen durch die Atmosphäre einer so hinreissenden Natur wie Cornelius, der in der Ausführung der ungeheuren Aufträge in München das Studium der Farbe in der Natur erst aufgab, dann geringschätzte und schliesslich verachtete. Farbe war ihm und seinem Kreis etwas Verdächtiges. Ebenso das technische Können. Man sah die Zeichnung — von Malerei kann kaum noch geredet werden — zuletzt als eine Art Zeichenschrift an, um tiefersonnene Gedankenreihen auszudrücken, dass sie von dem Verstand eines gebildeten Menschen erfasst werden konnten.

Gottfried Keller, der zu Anfang der vierziger

Federzeichnung um 1829   Kunsthalle

DAS BLOCKHAUS

Jahre die sinkende Schule des Cornelius in München vorfand, lässt sich im „Grünen Heinrich" über seine Beobachtungen aus unter der Maske eines niederländischen Malers:

„Da haben wir es also. Sie wollen sich nicht auf die Natur, sondern allein auf den Geist verlassen, weil der Geist Wunder thut und nicht arbeitet. Der Spiritualismus ist diejenige Arbeitsscheu, welche aus Mangel an Einsicht und Gleichgewicht der Erfahrung hervorgeht und den Fleiss des wirklichen Lebens durch Wunderthätigkeit ersetzen, aus Steinen Brot machen will, anstatt zu ackern, zu säen, das Wachstum der Ähren abzuwarten, zu schneiden, zu dreschen, mahlen und backen. Das Herausspinnen einer fingierten, künst-

lichen, allegorischen Welt aus der Erfindungskraft,
mit Umgehung der guten Natur, ist eben nichts
anderes als jene Arbeitsscheu; und wenn Roman-
tiker und Allegoristen aller Art den ganzen Tag
schreiben, dichten, malen und operieren, so ist dies
alles nur Trägheit gegenüber derjenigen Thätigkeit,
welche nichts anderes ist, als das notwendige und
gesetzliche Wachstum der Dinge. Alles Schaffen
aus dem Notwendigen heraus ist Leben und Mühe,
die sich selbst verzehren, wie im Blühen das Ver-
gehen schon herannaht; dies Erblühen ist die wahre
Arbeit und der wahre Fleiss; sogar eine simple Rose
muss vom Morgen bis zum Abend tapfer dabei
sein mit ihrem ganzen Korpus und hat zum Lohn
das Welken. Dafür ist sie aber eine wahrhaftige
Rose gewesen." Weiterhin formuliert Keller in
scherzhafter Übertreibung die Verachtung, mit der
die Corneliusschule das technische Vermögen ansah: „Das Können aber ist von zu leibhafter Schwe-
re und verursacht tausend Trübungen und Ungleich-
heiten zwischen den Wollenden, es ruft die ten-
denziöse Kritik hervor und steht der reinen Ab-
sicht fort und fort feindlich gegenüber."

Die Vernachlässigung des Könnens und des Na-
turstudiums war jedoch nur eine der Schwächen
der cornelianischen Richtung. Es kam die Abkehr
von dem Leben der eigenen Zeit hinzu.

In der Ausgestaltung antiker und christlicher
Stoffkreise hatte Cornelius den Zusammenhang mit
der Gegenwart verloren. Das Bildnis, das Sittenbild, die Landschaft waren aus dem Stoffgebiet
seines Kreises verschwunden und wurden als nie-
dere Gattungen über die Achsel angesehen.

Federzeichnung 1829   Kunsthalle

ST. PETRI
von der Papentwiete

Wenn man Oldachs letzte in Hamburg entstandene Werke von diesem cornelianischen Schul-
standpunkt aus ansieht, so sind sie nichts als
Aufruhr und Abtrünnigkeit. Soviel Stoffe, soviel
Ketzereien. Nur eine Federzeichnung, die Rückkehr des verlorenen Sohnes, weist in einzelnen
Teilen auf Anregungen von Cornelius.

Unter den Gemälden ist nicht ein einziges aus
dem christlichen oder antiken Stoffkreise, dafür im
Mephisto mit der lieblichen Alsterlandschaft die
deutsche Romantik, deren Hauch Cornelius, als er
die Faustbilder schuf, in seiner Jugend gespürt
hatte; in Hermann und Dorothea ein Stück moder-
nen Lebens mit starker Betonung der Landschaft, in
der Johanniskirche das Architekturbild, im Stammbaum das Bildnis und das Sittenbild in engstem Anschluss an die nächste Umgebung, und auch sonst
wieder Bildnisse seiner Verwandten und Freunde.

Und wo man in der Phantasie eines Corneliusschülers die Beschäftigung mit Riesenbildern für
Palast- und Kirchenwände erwarten sollte, bei Oldach fast ausschliesslich Miniaturmalerei. Selbst
lebensgrosse Bildnisse sind aus dieser Zeit nicht
bekannt. Der Stammbaum, die Johanniskirche, die
kleinen Bildnisse wirken schon durch ihr Format wie
ein Protest gegen die äusserliche Monumentalität.

Derselbe, der unter Cornelius Fresken gemalt
hatte, bei dem man von der Schule her Wider-
willen und Verachtung gegen jede technische Voll-
endung erwarten sollte, müht sich unsäglich, mit
den subtilsten Techniken auf kleinstem Raum das
Tiefste und Neueste zu sagen. Er übertreibt geradezu. Bei den Bildern aus dem Leben auf seinem

Federzeichnung

RÜCKKEHR DES VERLORENEN SOHNES

Hamburg um 1828

Privatbesitz

Stammbaum muss ein nicht sehr scharfes Auge
das Vergrösserungsglas zur Hülfe nehmen.

In der Auffassung der Natur geht er ganz eigene
und ganz neue Wege. Die Alster auf dem Mephisto
ist ein sehr zartes Studium des silbernen Morgen-
lichts, die Johanniskirche ist in goldiges Sonnenlicht gebadet, Hermann und Dorothea wandeln
unter einer Kastanie, die geheimnisvoll gegen den
dunkelnden Abendhimmel steht.

Schliesslich sucht Oldach auch in der Farbe den
unmittelbaren Anschluss an die Natur. Er strebt
nach Qualität, und man muss blind sein, um nicht
zu empfinden, wo es ihm gelingt.

Wenn wir die 1828 und 1829 in Hamburg entstandenen Bilder überblicken, so drängen sich uns
zwei Beobachtungen auf. In der kurzen Spanne
Zeit ist eine Entwickelung von der Buntheit der
ersten Versuche bis zum satten Reichtum und der
koloristischen Qualität und Eigenart der Landschaft
auf Hermann und Dorothea zu erkennen, und ebenso schreitet er aus der Miniatur wieder zum Bilde
vor. Er verlebt also in seiner Heimat eine Zeit
nicht des Stillstands oder der Rückbildung sondern
der Reaktion gegen den Akademismus und des
stetigen und sicheren Fortschritts.

Oldach hat in der Heimat sich selber gesucht
und sich selber gefunden, sie hat ihn nicht gelähmt,
unterdrückt, unterjocht oder abgelenkt, sondern befreit, und hat ihn zurückgeführt zu den Idealen
seiner ersten unbeeinflussten Jugend, dem Bildnis
und der Landschaft und einer intensiven Wiedergabe der Erscheinung, wie er sie gefühlt hatte.

DIE RÜCKKEHR DES VERLORENEN SOHNES

HAMBURG 1828

Die Reihe der während Oldachs letztem Aufenthalt in Hamburg entstandenen Arbeiten wird eröffnet durch eine grosse Federzeichnung, die Rückkehr des verlorenen Sohnes. In den Äusserlichkeiten der Komposition klingt die Münchener Schule vernehmbar an. Aber diese oberflächliche Ähnlichkeit tritt zurück bei näherer Betrachtung. Die Technik, die Bestandteile der Erzählung, die Naturanschauung sind reiner Oldach.

In der Technik hat Oldach sich eine so ungeheuer schwierige Aufgabe gestellt und gelöst, dass man anfangs seinen Augen nicht traut und die Lupe zur Hülfe nimmt, das 40 : 50 cm grosse Blatt wirkt wie eine sehr zarte, bis in das letzte Detail durchgearbeitete Bleistiftzeichnung. Es ist jedoch alles mit der Feder gezeichnet, selbst die Stellen, die wie gewischt erscheinen. Mit dem blossen Auge sind die zarten Striche, die schon in der nächsten Entfernung tonig verschmelzen, kaum zu unterscheiden. Eine wahre Benedictinerarbeit, aber im Dienste der Kunst wie die Öltechnik der van Eyck.

Wie bei der Miniaturtechnik des Stammbaums darf auch hier nicht vergessen werden, dass ein Corneliusschüler sich die unendliche Mühe auferlegt, ein so umfangreiches Blatt in der schwierigsten Technik nach der Natur durchzuführen.

Die Komposition verrät den jungen Künstler, der sich in Reichtum der Erfindung nicht genug thun kann. Um die herrschende Hauptgruppe spinnt sich eine Fülle von Episoden.

Der Vater ist dem Sohne entgegen gegangen. Es ist Gott Vater selbst in langem Haar und Bart. Er legt die Arme um die Schultern des zerknirscht vor ihm Stehenden und zieht ihn an die Brust. Der Jüngling neigt ihm den Kopf entgegen, aber die Rechte auf der Brust, die wie abwehrend erhobene Linke und die sich beugenden Kniee sagen: Vater, ich bin nicht wert, dass ich dein Sohn heisse.

In den Gruppen rechts und links klingt die Empfindung aus. Aus dem Hause kommt der ältere Bruder neugierig die Treppe herabgeeilt, er hat eben den Verlorenen erkannt, sein Fuss stockt, die Rechte greift nach dem Gitter, die Linke ist in halb staunender, halb abweisender Geberde erhoben. Der Spitz schiesst an ihm vorbei, er kennt kein Staunen und Zögern. Links haben sich zwei Kinder ein Vogelbauer geflochten. Das ältere, sitzend, fährt erschrocken auf, das jüngere, so wenig reflektierend wie der Spitz, eilt dem Ankömmling mit ausgestreckten Armen entgegen.

Jenseit der niedrigen Planke, deren Thor offen steht, öffnet sich ein weites Flussthal, dessen steile Ufer Weinberge tragen. In den Weg, der zum Thal hinab führt, biegen zwei Männer ein.

Federzeichnung 1828　　　　　　　　　Privatbesitz

BRUCHSTÜCK AUS DER
RÜCKKEHR DES VERLORENEN SOHNES

6*

Sie sind im lebhaften Gespräch einander zugewandt, und wie sie im Schritt gehen, bewegen sich
ihre beiden rechten Beine völlig parallel. Zwei
andere, von denen man nur erst die Köpfe sieht,
kommen gerade den Weg herauf an ihnen vorbei.
Die Bewegungen und Überschneidungen in dieser
Gruppe sind so suggestiv getroffen, dass eine sehr
starke Illusion von Bewegung erweckt wird.

Auffallend für jene Zeit ist die Kühnheit, mit
der die beiden Bäume des Vordergrundes oben
vom Rahmen abgeschnitten sind. Das Motiv kehrt
in leichter Veränderung in der Landschaft von
Hermann und Dorothea wieder. Die Landschaft
mit ihren kahlen Hügeln am Flussufer und ihren
Weinbergen dürfte auf eine Studie zurückgehen,
die Oldach auf der Heimreise von München, 1827,
gemacht. Er fuhr mit Speckter den Rhein hinab.

*   *   *

Federzeichnungen von ähnlichem Charakter sind
in den letzten Hamburger Jahren Oldachs noch
einige entstanden. So eine kleine Ansicht des
Baumhauses, eine Alsteransicht, die als Studie zu
einem Teil des Alsterbildes auf dem Ölgemälde:
Mephisto und der Schüler gedient hat, und ein
Blick von der Paulstrasse durch die Papentwiete
auf die Petrikirche. Diese Blätter sind hier in der
Grösse des Originals wiedergegeben. Sie verraten
dieselbe Leidenschaft der Bewältigung technischer
Schwierigkeiten wie das Bild vom verlorenen Sohn.
Bei aller Schärfe und Klarheit sind diese Ansichten

aber doch ganz luftig. Selbst auf der Reproduktion
lassen sich beim Blick auf die Petrikirche diese
Qualitäten noch deutlich erkennen. Wie der hellere
Turm hinter dem dunkleren, fast nur silhouettier-
ten Kirchenschiff aufstrebt und frei in der Luft

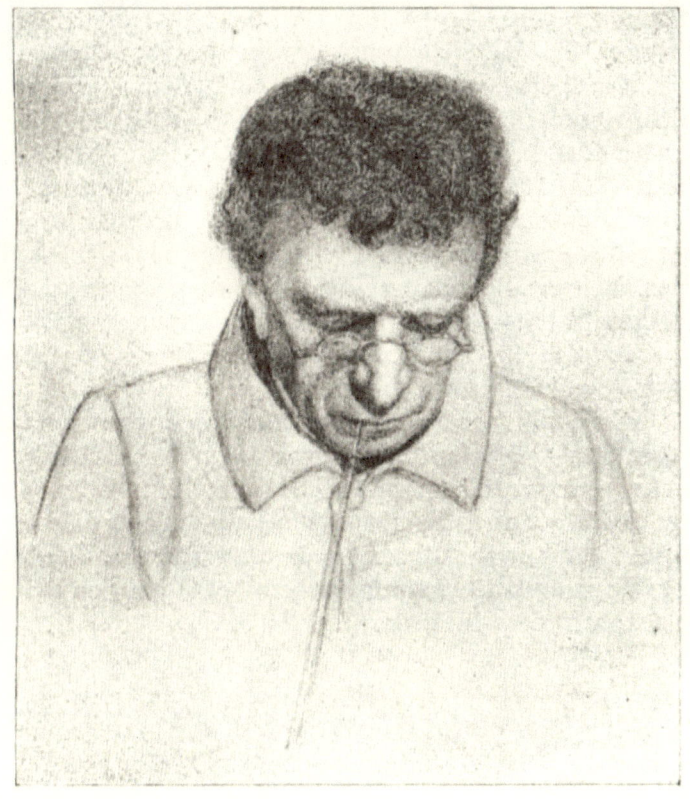

Bleistift um 1828 Kunsthalle

DES KÜNSTLERS VATER

steht, ist bewundernswert ausgedrückt. — Die
Strasse, nebenbei, existiert nicht mehr an dieser
Stelle, sie wurde nach dem Brande etwas weiter
nach Norden gerückt.

Sonst ist die Zahl der aus der letzten Hamburger Zeit erhaltenen Handzeichnungen gering.
Zeichnerische Vorstudien zu den Bildnissen, wie
wir sie bei seinem Freund Erwin Speckter kennen,
scheint Oldach nicht gemacht zu haben. — Zwei
Bildnisstudien nach seinem Vater gehören in diese
späte Zeit. Die Kunsthalle besitzt das köstliche
Blatt, das den alten Herrn bei der Lektüre schildert. Er sitzt, die Pfeife im Munde, die Brille auf
der Nase, mit vorgebeugtem Kopf und blickt auf
das Buch. Die Mund- und Kinnpartie mit der
zarten, unregelmässigen Linie der Lippen und den
weichen Falten ist das Meisterstück einer dem fein-
sten Gefühl gehorchenden Hand.

Noch einmal hat Oldach den Vater gezeichnet,
ebenfalls in Bleistift. Diesmal sitzt er im Bäcker-
kittel mit der Bäckermütze auf dem Kopf behaglich
im Stuhl. Seine Pfeife fehlt nicht. Auch dies ist
eine Zeichnung, die nur das allerfeinste Gefühl
für Form und Bewegung und ein sehr starker Wille
zu schaffen vermögen.

JULIUS OLDACH 1828
Aus dem Stammbaum

DER STAMMBAUM
HAMBURG 1828

Der Stammbaum, eine Gabe zur silbernen
Hochzeit der Eltern, muss Oldach sehr in-
tensiv beschäftigt haben. Das Werk enthält
elf sehr sorgfältig ausgeführte Bildnisse, elf grössere
und sieben kleinere ebenso behutsam durchgebil-
dete Scenen aus dem Leben der Familie, jedes ein
vollständiges Bild monumentalen Charakters, dessen
Ausführung als Wandgemälde kaum soviel Arbeit
gemacht haben würde, jedenfalls nicht mehr geistige
Arbeit.

Bei diesem Gelegenheitswerk hat der Künstler
alles gegeben, was er in sich trug, und er hat es
in so bescheidene Form gekleidet, dass es eigentlich nur im Hause zur Wirkung kommen kann.
Der Galeriebesucher wird sich nur selten die Zeit
nehmen, sich in den künstlerischen und stofflichen
Reichtum zu vertiefen. Es war deshalb geboten,
es für die Illustration dieser Monographie in seine
Teile zu erlegen und sogar in einzelnen Partien
zu vergrössern.

Der Stammbaum bildet zugleich eins der wich-
tigsten historischen Dokumente zur Geschichte der
deutschen Bürgerfamilie des neunzehnten Jahrhunderts. Eine Hamburger Bürgerfamilie der Mittelschicht ist sich ihrer selbst gleichsam bewusst geworden im Gemüt ihres begabtesten Mitgliedes.

Die Aufzählung des sachlichen Inhalts wird
zugleich etwas wie eine Monographie über das
Leben einer wohlhabenden Hamburger Familie der
Mittelschicht um 1830 abgeben. Alle in der Generation erwachsener Kinder, die sich noch eben um
den unverrückbaren Mittelpunkt des Elternpaares
und des Elternhauses zusammenschliessen, auftau-
chenden Neigungen und Bestrebungen lassen sich
aus den Schilderungen herauslesen. Die silberne
Hochzeit der Eltern ist gerade der kritische Augenblick für eine solche zusammenfassende Darstellung, denn wo der Älteste ein Sohn war, pflegten
Heiraten den engeren Zusammenhang noch nicht
gelockert zu haben.

Auch für die deutsche Bürgerfamilie der Kreise,
denen Vater Oldach angehörte, war das zweite
Jahrzehnt unseres Jahrhunderts eine Zeit der Wand-

JULIUS
OLDACH
AN DER
STAFFELEI

Vergrösserungen

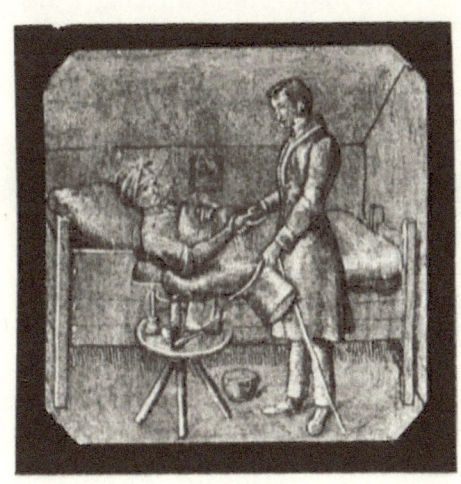

Dr. MATTHIAS
OLDACH
BESUCHT
EINE ARME
KRANKE

lung. Die Grenze nach oben begann sich zu ver-
schieben. Im achtzehnten Jahrhundert hatten sich
auch bei uns die Stände ziemlich scharf getrennt.

Es gab ein Patriziat der alten Familien, der
Ratsfamilien, wenn es auch keine geschlossene
Kaste bildete. Die wohlhabenden Gewerbetreiben-
den bildeten eine zweite Schicht, die dritte darunter
umfasste die dienende Klasse. Wo einer geboren
war, blieb er. Die Tendenz des Aufstrebens und
Aufsteigens war beim Individuum nicht ausge-
prägt. Söhne von Handwerkern wurden Handwerker, Töchter von Handwerkern heirateten Handwerker. Das begann sich in unserem Jahrhundert
zu ändern. Die französische Revolution und das
Schicksal Napoleons und seiner Marschälle begann
für den Kontinent zu wirken. Die Söhne wohlhabender Handwerker hatten die Wahl, als Kaufmann,
Arzt, Gelehrter, Jurist in die obere Klasse zu
rücken, die Töchter erhielten eine Bildung, die
ihnen durch die Heirat den Eintritt in die oberen
Kreise ermöglichten. Aber um 1830 war, wie Oldachs Schilderung seiner Familie unwiderleglich beweist, ein starkes Standesbewusstsein noch vorhanden. Neben dem Bruder Arzt und Kaufmann, neben
der als Dame erzogenen Schwester steht noch der
Bruder Bäcker. Fünfzig Jahre vorher würde es
nicht zur Regel gehört haben, dass die Söhne eines
wohlhabenden Bäckers liberale Berufe wählen, fünfzig Jahre später würde wohl neben dem Arzt und
Kaufmann keiner der übrigen Brüder sich ent-
schlossen haben, das Bäckergewerbe des Vaters
zu ergreifen, und die Emporgestiegenen würden
sich der Bäckerei des Vaters nicht gern erinnert

BETTY OLDACH
TEILT DAS
SCHUL-
BUTTERBROT
AUS

Vergrösserungen

JOHANNES
OLDACH
WIEGT
KAFFEESÄCKE

haben. Julius Oldach hat dagegen den Bäcker-
kringel sogar seinem Künstlermonogramm eingefügt. Der „Stammbaum" umschliesst in voller Ob-
jektivität alle Lebensformen der Familie. Bruder
Arzt und Bruder Kaufmann nehmen keinen brei-
teren Raum ein als Bruder Bäcker.

Die Anlage des Blattes verrät die unter Cornelius erworbene Gewohnheit, einen Gedanken
durch einen Bildercyklus auszudrücken. Aber was
an den Geschichten der Heroen und Heiligen er-
probt war, überträgt Julius Oldach mit starkem Gefühl für die Wirklichkeit auf das Leben der Bürgerfamilie. Den Mittelpunkt bilden die elf geschickt
verteilten Bildnisse in voller Farbigkeit als Me-
daillons auf hellblauem Grund mit einem Ornament
aus goldenen Bäckerkringeln. Oben wird in acht
Bildern das Leben der Kinder, unten in zwei Bildern das der Eltern geschildert. Die Bilder stehen
Grau in Grau von einem braunen Kreuze durch-
setzt und von einem Bande in Seladon zusammen-
gefasst in den Ecken der Komposition. Dazwischen
treten in mehr ornamentalen und aufs Typische ge-
henden Bildern die stets wiederkehrenden Momente
des Familienlebens auf, Hochzeit, Kindtaufe und
als breites Hauptbild die Versammlung der ganzen
Familie um die Lampe auf dem Abendtisch.

Die Scenen aus dem Leben der Familie sind
so kleinen Formats, dass das unbewaffnete Auge
Schwierigkeit findet, sie bis in die Einzelheiten
zu verfolgen.

Julius Oldach eröffnet als Ältester den Reigen.
Er sitzt in seinem Atelier vor der Staffelei, eifrig
bei der Arbeit an einem grösseren Bilde. Bei der

FERDINAND
OLDACH
VOR DEM
BACKOFEN

Vergrösserungen

MARIE
OLDACH
ERHÄLT
KLAVIER-
UNTERRICHT

Genauigkeit aller seiner Angaben ist man versucht
zu fragen, welches es sein möchte. Unter den erhaltenen stimmt keins genau. Das Atelier ist ein
kahler Raum. Die Bewegung des Malenden ist
sehr charakteristisch.

Die älteste Schwester Betty, später Frau de
Hase, entlässt ihre beiden jüngsten Geschwister
in die Schule. Sie steht neben einem Tischchen
mit Butter und Brot und reicht dem Bruder, der
mit der Mütze auf dem Kopf und der Schiefertafel
in der Hand vor ihr steht, das Brot, das sie gestrichen hat. Die Schwester, die hinter ihm steht,
hält der älteren ein Brötchen hin, das sie gestrichen
haben möchte. Sehr hübsch ist ausgedrückt, wie
die Geschwister zu ihr hinaufsehen.

Bruder Matthias, der Arzt, ist zu einer armen
Kranken ins Dachzimmer hinaufgeklettert. Sie liegt
allein und verlassen in ihrem Bett unter der abge-
schrägten Wand. Der elegant gekleidete junge
Arzt, für den nicht einmal ein Stuhl zum Sitzen
vorhanden ist, denn der Hocker dient als Tisch
für die Medizinflaschen, fühlt der Alten den Puls.
Dass Julius seinen Bruder eine arme alte Kranke
besuchen lässt, darf nicht als Sentimentalität ge-
deutet werden, der Zug fehlt in seinem Wesen.
Er hat die Sphäre andeuten wollen, in der ein
junger Arzt seine Thätigkeit zu beginnen pflegt.

Den Kaufmann zu charakterisieren hätte ein
Motiv aus dem Kontor nahe gelegen. Aber das
ist vom Bureau des Beamten nicht zu unterscheiden, und so mag Julius seinem Bruder Johannes
lieber in den Speicher gefolgt sein. Dort steht der
Jüngling in langem Rock und notiert das Gewicht

GUSTAV
OLDACH
AUF DEM
TAUBEN-
SCHLAGE

Vergrösserungen

JEAN UND
CAROLINE
OLDACH
IM
SPIELZIMMER

der Säcke, mit denen zwei stämmige Arbeiter im
Schurzfell und mit Kniestrümpfen an der Waage
hantieren und dabei genau nach dem Zünglein hin-
aufblicken. Neben der für den Speicherraum charakteristischen hölzernen Stütze stehen noch zwei
Arbeiter, an der Gewichtschale beschäftigt.

Den gekneteten Teig wälzend, steht Ferdinand,
der Bäcker, am Knettisch und blickt auf den Ge-
sellen, der Brot in den Backofen schiebt. Ferdinand ist der alte Herr J. F. N. Oldach, der 1898
erst gestorben ist. Beide Figuren sind höchst charakteristisch bewegt.

Eine allerliebste Schilderung ist der Klavier-
unterricht. Schwester Marie sitzt am tafelförmigen
Klavier, von zwei Kerzen beleuchtet. Ihr Lehrer,
Herr Walter — Herr J. F. N. Oldach hatte den
Namen nicht vergessen — begleitet ihr Spiel mit
den Taktbewegungen der ausgestreckten Linken.
In einer ersichtlich gewohnheitsmässigen Bewegung hält er die Rechte auf dem Rücken hinter
den Schulterblättern und stützt sich mit dem Ellbogen auf die Lehne. Man erkennt auf dem kleinen Bilde das glattrasierte Antlitz eines ältlichen
Herrn mit gepflegtem Künstlerhaar. Vatermörder
überschneiden die Wangen, unter dem Kinn wird
das Jabot sichtbar. So wie diese Gestalt ein cha-
rakteristisches Bildnis ist, sind es alle anderen.
Herr J. F. N. Oldach erwähnte, dass jede der
kleinen Figuren an Haltung und Bewegung allein
durch die Silhouette den Familienmitgliedern auf
den ersten Blick erkennbar gewesen seien. So
stimmen das leise Sichgehenlassen in der Haltung
des Lehrers und das Angespannte in der der Schü-

VATER
OLDACH
UNTER-
SCHREIBT
DEN
BACKZETTEL

Vergrösserungen

MUTTER
OLDACH
AUF DER
DIELE

Julius Oldach   7

lerin zu einer köstlichen Einheit zusammen. Aber
man muss das am Original geniessen.

Gustav Oldach hat als Knabe seine Tierlieb-
habereien. Er steht auf seinem Taubenschlage
und sieht gespannt hinauf zu dem Flug seiner
Taubenschar, die Stange mit dem Ball und dem
Tuch, die sie in ihrem kreisenden Fluge lenken
soll, über der Schulter schwingend. Zu seinen
Füssen dehnt sich weithin das Meer der Dächer,
aus dem der schlanke Turm von St. Petri und
in der Ferne der von St. Jacobi gegen den Himmel ragt.

Die beiden jüngsten Geschwister, Jean und Caroline, vergnügen sich in ihrem Spielzimmer, und
mit seiner Pfeife ist der Vater zu ihnen herein-
gekommen und sieht ihnen zu, die Linke in die
Seite gestemmt. Jean zieht einen kleinen mit Pfer-
den bespannten Lastwagen vorüber, in der Rechten
die Peitsche schwingend; Caroline schreitet neben
ihm und hält mit sehr charakteristischer Geberde
die leichte Puppe. Im Hintergrunde sind links das
Schaukelpferd, rechts ein Blockwagen und eine
Schiebkarre zu erkennen.

Zwei solche Scenen fassen das Leben der Eltern zusammen. Der Vater, der oberste Leiter des
Hauses und des Geschäfts, sitzt vor einer Kerze
an seinem offenen Schreibtisch. Er unterschreibt
den Backzettel, die Anweisung für die Bäckerei,
wieviel von jeder Gattung Brot in der Nacht ge-
backen werden soll. Sein Sohn Ferdinand, der
Bäcker, steht hinter ihm und giebt auf Fragen Auskunft. Neben dem Vater sitzt am offenen Schreibtisch die Mutter und hört zu. Auch sie hat an der

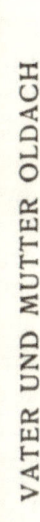

VATER UND MUTTER OLDACH

Verhandlung ein Interesse, denn die Leitung des
Verkaufs liegt in ihrer Hand. Im Hintergrunde
wird schon der Abendtisch gedeckt. Rechts erscheint Tante Katharina, die das Hauswesen leitete,
und giebt der Magd Margreth, die ihr gegenüber
die Teller ordnet, ihre Anweisungen. Auch Margreth gehört in die Hamburger Kunstgeschichte,
sie war das Modell zur Dorothea auf Julius Oldachs letztem Bild. Den Schreibtisch mit seinem
Glasschrank könnte man nach der Zeichnung wieder aufbauen.

Das Reich der Mutter ist die Bäckerdiele. Hier
steht sie hochaufgerichtet, man möchte ihr anmer-
ken, dass sie hier die höchste Autorität hat, denn
hier lassen sich die Männer nicht sehen, nur der
„Junker", der jüngste Bäckergeselle, schreitet mit
der Mulde voll Brot vorüber und zieht vor der
Frau Meisterin grüssend die Mütze. Er trägt Brot
vor, lautet der technische Ausdruck. Frau Oldach
hat ihre Verhandlung mit Mariken, der Grünwa-
renhändlerin aus Moorburg, abgebrochen, und giebt
ihm, die Rechte in die Seite gestemmt, mit dem
Zeigefinger der linken Hand ihr Wort unterstüt-
zend, eine Anweisung. Mariken, die Tracht auf
dem Rücken, den wetterfesten Strohhut auf dem
Kopf, beugt sich vorüber und schüttet Kartoffeln
ein. Weiter hinten fertigt Betty einen einholen-
den Knaben ab, und links kommt die Treppe von
der Strasse herauf ein Dienstmädchen, den mit
einem Tuch bedeckten Einholekorb unter dem linken Arm.

Der Abend vereint die ganze Familie um die
Lampe auf dem Sophatisch. Dieser täglich sich

MARIE
OLDACH

Dr. MATTHIAS
OLDACH

wiederholende Vorgang ist in der Anordnung eines
Reliefs geschildert. Auf dem Sopha sitzen Vater
Oldach, die Linke nach seiner Gewohnheit in die
Seite gestemmt, mit der Rechten die lange Pfeife
haltend, und neben ihm Mutter Oldach, nach der
Tagesarbeit die Arme übereinanderlegend. Rechts
am kurzen Ende sitzt Tante Katharina, ihr gegenüber Dr. Matthias Oldach, der seinen Kaffee um-
rührt. Er scheint zu erzählen. Hinter ihm lehnt
sich in der Bäckerschürze sein Bruder Ferdinand
auf den Stuhl. Er muss vor den Ofen und kann
sich nur vorübergehend in dem Kreise aufhalten.
Die Brüder und Schwestern stehen und sitzen um-
her, Julius ist nicht mit dabei.

Ähnlich sind andere Vorgänge aus dem Leben
der Familie geschildert, wichtige Einzelereignisse,
die Geburt des ältesten Sohnes (das Datum fiel
mit dem des Hochzeitstages zusammen), hier trägt
der Vater noch den Zopf; die Hochzeit der Eltern,
Vater und Trauzeugen in Kniehosen, zum Teil
noch mit Perrücken; eine Kindtaufe, der die älteren Geschwister des Täuflings beiwohnen.

Unten in Rundbildern eine Gratulationsscene
mit sehr lebendig bewegten Figuren und als Seiten-
stück die Verhandlung mit einer Händlerin, die
Vasen und künstliche Blumen anbietet. Hier fällt
die Gestalt der Tante Katharina auf, die sich, die
Handrücken ins Kreuz gestemmt, neugierig vor-
beugt. Wer die Gedanken und Träume kennt, die
Ph. O. Runge in sich getragen hat, wird sich bei
dieser Schilderung des ganzen Lebens der Familie
an das erste grosse Bildnisprojekt des früh ver-
storbenen Meisters erinnern, der sich als halber

FAMILIE OLDACH BEI DER LAMPE

Knabe mit dem Gedanken trug, den Musiksaal
im Hause seines Bruders mit Scenen aus dem Leben der Seinen zu schmücken. Wir wissen nicht,
ob Julius Oldach den Plan gekannt hat. Es ist
auch gleichgültig für die Betrachtung seines Wer-
kes. Aber nicht gleichgültig ist dieses Zusammen-
treffen der Gedanken bei Künstlern, die sich auf
demselben Boden entwickelt haben. Es war eine
Zeit blühender Bildniskunst in Hamburg. Von 1800
bis 1840 gab es keine andere monumentale Kunst
in Hamburg als das Bildnis.

Bei den kleinen Bildern aus dem Familienleben
auf Oldachs Stammbaum könnte man sich auch
hier und da an Chodowiecki erinnert fühlen. Eine
direkte Anlehnung kommt jedoch nicht vor, und
auch eine fernere Anregung dürfte psychologisch
wenig Wahrscheinlichkeit für sich haben. Denn
einem Schüler des Cornelius musste jeder Künstler
des ausgehenden achtzehnten Jahrhunderts wider-
streben, wie es heute undenkbar ist, dass Wilhelm
von Kaulbach oder Makart einen aufstrebenden
Künstlergeist von originellem Wesen befruchten
könnte. Die Bildnisse sind einem auf die Elemente
vereinfachten Stammbaum eingefügt. Unten um-
schliessen die Wurzeln in Herzform die Bilder der
Eltern, oben geht der Stamm in einen roten Granat-
apfel mit grünen Blättern aus, ein anderes Symbol
der Liebe. Vater und Mutter Oldach sind von vorn
gesehen. So nebeneinander in derselben Haltung
haben sie etwas Feierliches, das zu dem Tage und
zu ihrer festlichen Tracht passt. Der Vater trägt den
schwarzen Rock, die Mutter ein violettes Seidenkleid und an der weissen Staatshaube ein rot und

JOHANNES
OLDACH

FERDINAND
OLDACH

orange gestreiftes seidenes Band. Eine erstaunlich
sichere Technik — es ist Ölfarbe — steht hier im
Dienst einer grossen Anschauung und Auffassung.
Was hier rein technisch geleistet ist, offenbart erst
das Vergrösserungsglas. Man fasst es kaum, wie
mit diesen spröden Mitteln eine so zarte Modellierung der Form, eine so vollendete Wiedergabe
der Beleuchtung sich hat erreichen lassen. Auf
allerkleinstem Raum treten hier dieselben Qualitäten auf, die beim ersten Bildnis der Mutter so
stark wirken.

Die übrigen Bildnisse stehen auf derselben
Höhe. Sie haben mit der eleganten verschönernden
Miniaturmalerei der Epoche keine Verwandtschaft.
Statt auf äussere Glätte und Zierlichkeit gehen sie
auf Kraft der Charakteristik und auf Wahrheit.

Der Kopf des Künstlers ist noch bedeutender
geworden. Er trägt ihn selbstbewusster auf den
Schultern als alle seine Geschwister. Der eindringend forschende, fast finstere Blick des Auges,
die leicht gerunzelte Stirn, der zusammengepresste
Mund passen zu dieser energischen Haltung des
Kopfes. Von Kränklichkeit sieht man dem Antlitz
nichts an. Es ist das letzte Mal, dass der Künstler sein Selbstbildnis giebt.

Bei den Bildnissen der Geschwister fällt die
Individualisierung des Blickes sofort in die Augen.
Jeder der Dargestellten hat sein ihm eigentümliches Mass von Energie erhalten und kann im
Ausdruck des Auges mit keinem der Übrigen verwechselt werden. Es ist schwer, die besonders
gelungen erscheinenden Bildnisse herauszuheben.
Die der Schwester Marie, der Schwester Caroline

JEAN
OLDACH

BETTY
OLDACH

und des jüngsten Bruders fallen zuerst in die
Augen. Namentlich das der kleinen blassen Caroline und das gesunde, frische der Schwester Marie
haben etwas Überzeugendes. Man muss am Original bei jedem einzelnen Kopf sehr genau Mund
und Augen betrachten und das Haar studieren,
und wenn man die Einzelheiten so gut wie auswendig weiss, an einem andern Tage das Ganze
des Kopfes auf sich wirken lassen.

Die neun Köpfe sind in drei senkrechten Reihen
geordnet, doch ist die mittlere in die Höhe gerückt und den andern nicht parallel. Die Köpfe
der seitlichen Reihen sind im Halbprofil einander
zugeneigt, die mittlere Reihe zeigt zwei Köpfe von
vorn und den untersten im Profil, eine sehr glück-
liche Anordnung. Fast alle tragen Schwarz, nur die
Schwester Marie hat ein rotes Kleid an und der
jüngste Bruder Jean einen blauen Kittel mit einem
roten Halstuch. Beide stehen in der Mitte oben.

Was die farbige Erscheinung anlangt, so fällt
besonders auf, dass die Farbenflächen in den Um-
rahmungen der Bilder nicht aufeinander stossen,
sondern durch feine Striche des weissen Grundes
getrennt sind: dasselbe Prinzip, nach dem auf alt-
orientalischen Teppichen die Farben gegen einander abgesetzt sind.

Wie die Technik sich gehalten hat, ist erstaunlich. Nirgends hat sich bei der Farbe nur eine
Spur vom Untergrunde des Pergaments losgelöst,
und es findet sich kein Zeichen, dass das Gemälde
verblasst oder nachgedunkelt ist. Unter Glas und
Rahmen hat es nunmehr siebzig Jahre im vollen
Licht an der Wand gehangen.

GUSTAV
OLDACH

CAROLINE
OLDACH

MEPHISTO UND DER SCHÜLER

HAMBURG 1828

Zu dem Ölgemälde „Mephisto und der Schüler" giebt es zwei unendlich sorgfältige Federzeichnungen, eine davon im Besitz der Kunsthalle. Sie ist vor dem Bilde entstanden und sollte wohl ursprünglich das abschliessende Kunstwerk darstellen. Später mag dem Künstler dann der Wunsch gekommen sein, das malerische Motiv durch die Farbe auszudrücken. Dabei sind allerlei Einzelheiten des Hausrats (im Vordergrunde) verändert worden.

Das Ölbild „Mephisto und der Schüler" galt schon Oldachs Zeitgenossen als hart in der Farbe. Wasmann spricht in seiner Biographie davon. Aber das wiegt gering gegen die grosse Leistung, die dies Bild innerhalb der Corneliusschule und der deutschen Kunst seiner Zeit überhaupt darstellt. Wo findet sich sonst in ihr ein Beispiel, dass mit solcher Innigkeit auf die Bewältigung der malerischen Ausdrucksmittel hingearbeitet wird? Oldach hatte in München offenbar die Holbein, Altdorfer, Dirk Bouts und Memling studiert. Vor ihrer Kunst muss er gefühlt haben, dass die alten deutschen Meister Fleisch von seinem Fleisch und Blut von

Ölgemälde 1828   Kunsthalle

MEPHISTO UND DER SCHÜLER

seinem Blut gewesen seien. In seinen Zeichnungen und Bildern offenbart er selber von je dieselben Qualitäten unserer Rasse, die durch Jahrhun-
derte in der Nachahmung des Fremden, erst des
italienischen, dann — und bis in unsere Tage —
des französischen, erstickt worden sind. Man hätte
mit dem jungen Oldach vor den Dirk Bouts und
Memling in München, vor dem kleinen Altar des
van Eyck in Dresden stehen mögen.

Auf dem Mephistobilde sucht er mit ihnen zu
wetteifern. Er hat sich dafür eine Technik geschaffen, die in jener Zeit ziemlich allein steht.
Zunächst wendet er sich wieder dem Holz als
Träger der Farbenschicht zu. Sowohl der Mephisto
wie die Johanniskirche und Hermann und Dorothea
sind auf Holz gemalt. Für alle seine früheren
Bilder hatte er sich der zeitüblichen Leinwand
bedient. Mit dem Material der Ölfarbe, aber
offenbar in einer sorgsam und mit Genie für das
Technische erfundenen Herrichtung, weiss er Wir-
kungen zu erzielen, die der Kunst der Alten sehr
nahe kommen. Es ist bezeichnend, dass heute der
Name van Eyck vor diesen seinen letzten Bildern
so oft genannt wird.

Aber nicht in der Klarheit und dem Schmelz
der Farbe, der miniaturartigen Durchbildung allein
erinnert er an die Alten. Was er schafft, ist nicht
Nachahmung, sondern Wiedergeburt. Denn er hat
dieselben Kräfte und Neigungen in sich, die in den
ersten künstlerischen Exponenten der Eigenart seiner Rasse wirksam waren.

Auf dem „Mephisto" ist alles Bildnis. Mephisto trägt in leiser Karikatur die energischen

Züge von Vater Oldach, zum Schüler hat sein Freund Ulrich Hübbe gesessen, und die Landschaft, auf die sich das Fenster öffnet, ist ein Bildnis der Alster. Über Mephisto, der seine Dialektik mit sprechendem Fingerspiel begleitet, und den Schüler, der verlegen und zweifelmütig zuhört, die Linke am Kinn, die Rechte mit der Mütze in bescheidener Haltung bis zur Gürtelhöhe gezogen, über das Spiel des aus zwei Quellen einströmenden Lichtes auf den Büchern und Geräten, die auf dem Tische liegen, auf dem Buch, Zirkel und Globus am Boden und Urväter Hausrat an den Wänden, von denen hier und da der Stuck abblättert — so unterhaltend das alles ist, so liebevoll es geschildert wird, dringt der Blick sofort in die köstliche Landschaft vor dem offenen Fenster, denn die hat den Künstler selbst am meisten gepackt, hier hatte er zu sagen, was vor ihm kein anderer ausgedrückt hatte. Das ganze Bild erscheint, wenn man die Schönheit dieser Landschaft empfunden hat, fast wie ein Rahmen dazu.

Es ist früher Morgen. Am Horizont über der Aussenalster steht noch ein schwacher Schimmer Morgenrot, sonst ist alles vom silbernen Morgenlicht umspielt. Zwischen den Alsterflächen erhebt sich, gegen das Licht gesehen, der Lombardswall mit seiner Brücke und seinen Gebäuden, nur dass an die Stelle der Mühle ein Festungsturm gesetzt ist. Wall, Brücke und Turm stehen als Silhouette gegen den Himmel, nur leicht durch den Reflex vom Wasser aufgehellt, dessen ruhige Fläche das Bild des Turmes zurückwirft. Links an der Aussenalster liegen die Baumufer von Fontenay.

Auf der Binnenalster ein Ruderboot und eine
Gruppe Pfähle, an deren einen ein Boot gebunden
ist, alles nur Silhouette, aber doch frei von Luft
und Licht umspielt. Man muss sich besinnen, wie
lange es gedauert hat, bis nach Oldach die Franzosen und die Deutschen — als ihre Schüler — das
silberne Morgenlicht auszudrücken versucht haben.

Oldach geschähe Unrecht, wenn über diesem
kleinen Juwel von Landschaft vergessen würde,
was er sonst an allen Ecken und Enden auf diesem
Bildchen geleistet hat. Wären die Figuren lebens-
gross, er hätte nicht mehr Studium und Arbeit
hineinzustecken nötig gehabt. Da sind die sanft
durchleuchteten Glasfenster mit dem Sündenfall,
der Vertreibung aus dem Paradiese, Christus in der
Vorhölle und dem Heiligen Michael als Drachen-
töter, da ist der vom Licht gestreifte, von Reflexen
aufgehellte Globus, der Zirkel aus Messing und
Eisen auf dem Buch davor, die Sanduhr im Schatten
auf dem Tisch, Schere und Feder daneben und alles
übrige. Es steckt in dieser Bewältigung der Erscheinung so vieler kleiner Dinge eine Kraft, wie
sie später erst Adolph Menzel entfaltet hat.

DIE ST. JOHANNISKIRCHE

Die Jahreszahl 1828 trägt auch eine kleine Ansicht der St. Johanniskirche, die im folgenden Jahre abgebrochen wurde.

Es handelt sich um eine Kraftprobe. Der Künstler scheint den Versuch gemacht zu haben, wie weit er in der Durchbildung des Detail gehen könnte, ohne den Gesamteindruck zu zerstören. Zur Durchführung dieses Vorsatzes, wie Oldach sie fertig gebracht hat, gehört ein sehr grosses Mass Energie.

Er hat sich, um nicht gestört zu werden, an sonnigen Sommertagen in früher Morgenstunde auf den Kirchhof gesetzt. Die Sonne steht noch nicht hoch, auf dem Kirchdach liegen die Schatten der kleinen Erker horizontal. In den Häusern, über die sich das mächtige grüne Kirchdach erhebt, schläft noch alles. Nur aus einem der Schornsteine links erhebt sich der Rauch.

Das grüne Dach mit dem zierlichen Dachreiter fangen den Blick zuerst auf und halten ihn lange fest. Wer empfinden will, wie fein der Künstler beobachtete, muss sich bei den Schattenpartien des köstlich gezeichneten Dachreiters ansehen, wie der

8*

Schatten schwer auf dem Dach ruht, wie die dunkle
Seite des Dachreiters die Reflexe des Kirchen-
daches auffängt und heller gegen den dunkleren
Schatten auf dem Dache steht, und wie oben, wo
die Schattenseite des Dachreiters gegen den Himmel stösst, alle Farbe im Duft verschwindet und
nur eine satte Dunkelheit bleibt, die doch nicht
schwarz ist. Dieselbe Unmittelbarkeit der Beobachtung ist an der Wiedergabe der Lichtseiten zu fühlen, wo sich die scharf beleuchtete Fläche sehr fein
gegen die vom Licht nur gestreifte abhebt.

Das sind Dinge, die heute jeder Schüler sehen
lernt, in die sich aber von den Corneliusschülern
kein Mensch vertiefte, und die auch heute nur
wenige so zart würden ausdrücken können wie
damals Oldach.

Wie diesen Dachreiter muss man nach und
nach das ganze Bild besehen. Alles ist so genau
beobachtet und so unmittelbar wiedergegeben wie
dies eine Stück. Aber der Dachreiter im Morgenlicht ist doch die Hauptsache auf dem Bilde, dort
liegt der Accent. Wenn man ihn ins Auge fasst,
wird das Bild lebendig, alles andere singt die zweite
Stimme dazu.

Man muss vom Dache herunter das Bild stück-
weise durchfühlen. Die in der oberen Hälfte stark
beleuchtete rotviolette Kirchenwand steht herrlich
gegen das satte leuchtende Grün des Daches. Die
hohen Fenster sitzen darin, als hätte van Eyck sie
gemalt, so bis ins allerkleinste durchgeführt und
doch monumentale Malerei. Die Materie des grün-
lichen Glases ist deutlich gegen die starkreflektie-
renden Stützen abgesetzt, dabei ist noch jedes Fen-

Ölgemälde 1828   Kunsthalle

DIE ST. JOHANNISKIRCHE ZU HAMBURG

abgebrochen 1829

ster ein Individuum. Weder in der Form noch in der farbigen Erscheinung oder als reflektierender Körper gleicht eins dem andern. Dann kommt die durchsichtige Schattenpartie der Kirchenwand, aus der die reflektierenden Stege in den Fenstern herausscheinen, und als Gegensatz dazu der vom Licht gestreifte Dachfirst des Hauses rechts, über den sich die gedrehten, hell beleuchteten hohen Schornsteine erheben. Um die drei Erker treiben Licht und Schatten ihr Spiel. An den beiden ersten ist nur ein Stück Dach beleuchtet, der dritte wird auch im Giebel vom Licht gestreift. Aus der grauen Giebelfläche des mittleren scheint ein rundes Fenster mit weissgestrichenen Rahmen, und das Orange der Dachziegel steht gegen das Violett der Kirchenmauer, während sich die gedrehten Schornsteine in einer Art lichten Fleischton gegen die dunklere Kirchenwand abheben. Ein viertes Rot zeigt die beschattete Seitenwand dieses Hauses, in dessen graugestrichene Fassade die weissen Fensterrahmen sitzen, während die Hausthür über ihren zwei reflektierenden Stufen grün in der Mauer steht. Links liegt ein Gewirr niedriger und höherer Fachwerkbauten an die Kirchenmauer gedrängt, jedes rote Dach hat seinen individuellen Ton, jede Wand, jede Planke, jedes gelbliche und grünliche Gitter, und vorn breitet sich das kühle Grau des gepflasterten Platzes aus.

Und obgleich alle Einzelheiten mit unsagbarer Hingebung nach ihrem Wert zur Geltung gebracht sind, wird doch das Ganze durch eine einheitliche Stimmung zusammengehalten. Es ist eben nicht alles gleichgeordnet. Der Dachreiter bildet den betonten Mittelpunkt, dann kommt die beleuchtete Kirchenwand, dann der vom Licht gestreifte Giebel. Das übrige versinkt im Schatten. Es ist so reich, dass sich gar nicht alles aufzählen lässt. In unserem Jahrhundert sind nur sehr wenige Bilder gemalt, in die ihr Urheber soviel Energie zusammengedrängt hat, wie Oldach in dies handgrosse Bildchen. Was darin steckt, würde eine Bilderfläche von vielen Quadratmetern nicht leer erscheinen lassen.

Solche Bilder konnten im neunzehnten Jahrhundert nicht leicht gemalt werden. Sie konnten nur entstehen, wo ein Künstler in der Lage war, für seine eigene Befriedigung zu arbeiten. Als das Zeitalter der grossen Ausstellungen einsetzte, war es mit dieser intimen Kunst, soweit sie vorhanden gewesen war, überhaupt zu Ende. In der Zukunft wird man dieses kleine Architekturstück wie eins der Bilder schätzen, die Menzel zu seiner eigenen Freude gemalt hat, die Atelierwand, die Rüstungen oder das Nymphenbad in unserer Galerie.

Aus diesem Gemälde, der Alsterlandschaft, mit dem Mephisto und den kleinen Bildern aus Hamburg in Federzeichnung fühlen wir heute heraus, wie Oldach, von München zurückgekehrt, die malerische Eigenart seiner Heimat entdeckt hat. Die Bekanntschaft mit den Strassenbildern Münchens mag ihm das Auge geöffnet haben für die wunderbare Schönheit seiner Heimat.

BILDNISSE

HAMBURG 1828—1829

Auch bei den während Oldachs letztem Aufenthalt in Hamburg entstandenen Bildnissen lässt sich beobachten, wie der Künstler zu den Tendenzen zurückkehrt, von denen er ausgegangen ist.

Sein erstes in Hamburg 1828 entstandenes Bildnis, das seines Freundes Hübbe, erscheint wie das Werk eines Anfängers. Das Selbstbildnis und das Bildnis des Vaters von 1821, die Bildnisse seiner Mutter und seiner Tanten von 1824 stehen unendlich viel höher. Es sieht aus, als hätte Oldach von vorn anfangen müssen. Farbe und Zeichnung sind gleich hart, das Interesse für die Form hat bedenklich abgenommen, die Frische fehlt. Dasselbe gilt von dem Bildnis eines Blinden, das wohl in dasselbe Jahr gehört, nur ist es in der Farbe besser.

Wesentlich höher stehen die Bildnisse des folgenden Jahres (1829), zwei im Privatbesitz befindliche Bildnisse alter Damen. Nur das eine trägt ein Datum: den 27. July 1829; das andere steht ihm so nahe, dass es aus demselben Jahre sein wird. Vielleicht hat man es etwas früher anzusetzen. Beide Bildnisse sind etwa von halber Lebensgrösse.

Ölgemälde 1828   Kunsthalle

ULRICH HÜBBE

Ein Schema giebt es für Oldach nicht. Er wählt
für jeden, den er malt, die Haltung aus der ge-
nauesten Kenntnis der Persönlichkeit. Er hat ja
übrigens ausschliesslich Verwandte und Freunde
gemalt.

Auf dem datierten Bildnis sitzt die alte Dame
an einem Klapptisch aus Mahagoni. Sie blickt aus
grossen grauen, schon etwas trübe gewordenen Augen sinnend vor sich hin mit aufwärts gerichtetem
Blick; den rechten Arm hat sie auf den Tisch
gelegt und hält Zeige- und Mittelfinger der linken
Hand umfasst. Ihr weisses Strickzeug ist ihr in
den Schoss gesunken, das Knauel liegt neben der
weissen, halbgefüllten Kaffeetasse auf dem Tisch;
den Hintergrund bildet ein grüner Vorhang, neben
dem ein Stück der rötlichgrauen Wand sichtbar
wird. Die Farbe des faltenreichen alten Antlitzes
ist noch frisch. Der festgeschlossene Mund mit
den dünnen Lippen zeigt leise emporgezogene
Mundwinkel, die an die Grübchen in den Wangen
stossen. Über den Schläfen trägt sie braune
Locken, eine weisse Tüllmütze mit gelben Bändern
deckt den ganzen Kopf und wird unter dem Kinn
durch gelbe Bänder geschlossen. Das schwarze
Kleid mit Schinkenärmeln trägt einen halbweiten
Ausschnitt, der durch einen weissen Tüllkragen
bedeckt wird. Eine von Perlen gefasste Brosche
schmückt die Brust.

Das Bild ist wie eine Miniatur gemalt. Oldachs Auge hatte schon ein gutes Stück der alten
koloristischen Feinheit wiedergewonnen und an der
Zeichnung und Farbe der Hände, der Zeichnung
des Kopfes und des kostümlichen Details lässt

Ölgemälde   Privatbesitz

BILDNIS EINER ALTEN DAME

sich erkennen, wie sich das Interesse für die Erscheinung beim Künstler wieder vertieft hatte.

Die andere alte Dame sitzt auf ihrem Lehnstuhl vor einer sattgrünen Wand, von der sich ihr
violettes Seidenkleid und die weisse Spitzenhaube
abheben. Die Ellbogen ruhen auf der Lehne, die
Hände sind im Schoss gefaltet. Ihre braunen
Augen blicken voll auf den Beschauer, der wundervoll gezeichnete Mund mit der dünnen Oberlippe
und der etwas stärkeren Unterlippe ist fest geschlossen. Sie trägt die gebrannten Schläfenlok-
ken, und in ihrer weissen Spitzenhaube sitzen
weisse Federblumen und grünlich-weisse Atlas-
blätter. Die Kinnschleife ist von weissem, leicht
ins lila fallendem Atlas. Eine weisse, wundervoll
gezeichnete Spitzenkrause umschliesst den Hals.

Auch dieses Bild ist mit bewundernswerter
Intensität gezeichnet, und es hat sehr feine kolo-
ristische Qualitäten. Freilich steht es, von der
Auffassung und Zeichnung abgesehen, noch nicht
wieder auf der Höhe der Frauenbildnisse von 1824.
Aber wie sich Oldach in den beiden Jahren des
Hamburger Aufenthaltes zu sich selbst zurückge-
funden hat, lehrt ein Vergleich mit dem Bildnis
des jungen Hübbe von 1828.

Aus dem Jahre 1829 ist im Privatbesitz ein
Kinderbildnis erhalten, wie die meisten Werke des
Künstlers aus dieser Epoche in kleinem Format.

Von weitem gesehen, lockt es nicht besonders
an, denn es steht koloristisch ungefähr auf der
Stufe von Erwin Speckters Bildnis seiner Schwestern. Aber die Teilnahme erwacht, sowie man beginnt, es eingehender zu betrachten. In einem

Ölgemälde   Privatbesitz

BILDNIS EINER ALTEN DAME

Wohnzimmer zwei kleine Mädchen. Das grössere, etwa fünfjährig, sitzt weissgekleidet in einem Kinderstuhl und blickt, mit der Linken die Hand des hinter ihm stehenden Schwesterchens fassend, auf den Beschauer. Es trägt einen gelben Gürtel und grüne Schuhe. Das kleinere Mädchen hat ein himbeerfarbenes Kleid und blickt ebenfalls zum Bilde heraus. Seine übergrossen dunkeln Augen stehen in einem sehr zarten kränkelnden Antlitz, Näschen und Mund sind mit der höchsten Zartheit gezeichnet. Dass dieses hinfällige Geschöpf, wie die Familientradition berichtet, sehr früh gestorben ist, erscheint nach der Aussage des Bildes völlig glaubhaft.

Wie es bei den Bildnissen der Hamburger Nazarener fast die Regel ist, dehnt sich um diese beiden Gestalten der wirkliche Raum des Wohnzimmers aus. Links überschneidet der Rahmen einen Schreibschrank, von dem gerade soviel sichtbar bleibt, wie dazu gehört, um den gesamten Aufbau zu verstehen. Im Hintergrunde steht gegen die grüne Wand ein weiss gestrichenes Sopha mit schwarzen Rosshaarkissen. Oben werden die hängenden Stücke von roten Vorhängen sichtbar. Rechts liegt an der Erde eine Puppe im Männeranzug.

Das Monogramm und die Jahreszahl 1829 stehen auf dem Stuhlbein links unten.

Es ist ein Bildnis, das nicht eigentlich als Sittenbild auftritt. Die Kinder waren beschäftigt, das kränkliche hatte mit der Puppe gespielt, das ältere hatte sein Bilderbuch besehen. Aber nun blicken sie auf, und das ältere Mädchen hat in halb unbewusstem Trieb, das geliebte schwächliche Geschöpf zu schützen, seine Hand ergriffen.

Vor zehn Jahren wäre dies innige kleine Bild manchem noch nicht so geniessbar erschienen wie heute. Und wer, vom Vorurteil einer koloristischen Richtung befangen, davortritt, wird auch jetzt noch nach einem flüchtigen Blick sich mit dem Eindruck abwenden, dass dies altmodische Produkt der Biedermaierzeit die Forderungen nicht erfüllt, die an ein Kunstwerk der moderne Geschmack stellt. Fragt man jedoch, wie viel echte Empfindung und wie viel Andacht und Liebe dazu gehört hat, dies unscheinbare Bild zu schaffen, so wird die Antwort anders lauten.

Der letzten Hamburger Zeit gehört auch ein kleines Profilbildnis des Bildhauers Otto Sigismund Runges an, des Sohnes von Philipp Otto Runge. Das Original besitzt der Künstlerverein. Es ist ein sehr durchgearbeitetes Werk, das an Holbeins und Dürers Vorbild gemahnt. Namentlich die Mundpartie erinnert lebhaft an Dürers Art. Die Farbe ist sehr stark. Mit dem dunklen üppigen Haar und dem schwarzen Rock kontrastieren die frische Hautfarbe und das rote Halstuch, neben dem ein weisser Fleck Wäsche sichtbar wird.

HERMANN UND DOROTHEA

HAMBURG 1829

Es war Julius Oldach nicht beschieden, sein letztes Ölbild, Hermann und Dorothea, zu vollenden. Aber wie es auf uns gekommen ist, werden wir kaum vermissen, was es hätte durch weitere Ausführung der wenigen unfertigen Stellen noch gewinnen können.

Auch dieses Motiv sollte ursprünglich eine Miniatur werden. Die erste Ausführung auf Pergament, ein Vermächtnis des Herrn J. F. N. Oldach an die Kunsthalle, ist kaum fingerlang.

Erwin Speckter beschäftigte sich damals ebenfalls mit der Miniaturmalerei. Diese Vorliebe muss bei beiden auf denselben Drang zurückgeführt werden, durch die Behandlung von Formaten und Techniken, die denen der Corneliusschule entgegengesetzt waren, zu sich selber zu kommen.

Oldachs Ölgemälde „Hermann und Dorothea" ist wieder ein grosses Bild. Er scheint damit aus der Übergangszeit der Miniaturformate heraustreten zu wollen.

Noch sind Figuren und Landschaft nicht zu einer überzeugenden Einheit verschmolzen, wie es kaum ein Jahrzehnt später Hermann Kauffmann

Ölgemälde 1829   Kunsthalle

HERMANN UND DOROTHEA

Julius Oldach   9

erreicht hatte. Figuren und Landschaft bleiben für
sich, das Interesse ist geteilt.

Die Figuren pflegen dem an andere Kunst Ge-
wöhnten schwer einzugehen. Sie wirken auf den
ersten Blick etwas steif und ungeschickt. Aber
nur auf den ersten Blick. Man braucht nur die
Gesichter zu sehen, um von der Innigkeit des Ge-
fühls gepackt zu werden. Es sind Bildnisse. Zur
Dorothea hat das Dienstmädchen Margreth gesessen,
wer den Kopf des Hermann gegeben hat, wusste der
Bruder nicht mehr. Das Motiv führt über das von
Goethe angedeutete hinaus, Hermann stützt das
Mädchen nicht nur, er trägt sie. In der Qualität
der freilich noch etwas stumpfen Farben der Ge-
wänder hat Oldach einen weiten Schritt über die
Farbe der Bildnisse desselben Jahres hinausgethan.
Die Braun und Gelb, Rot und Blau haben schon
wieder einen tieferen Klang.

Ganz frei von dem Schuleinfluss ist sein be-
gabtes Auge erst in der Landschaft. In Ton und
Stimmung ist sie so schön, dass wir aus Deutschland in jener Epoche etwas Vergleichbares nicht
bezeichnen können. Das hatte noch niemand vor
und neben ihm in der Landschaft gefühlt und ausgedrückt. Und seine Technik macht die Ölmalerei,
wie sie die Düsseldorfer Schule zu üben begann,
oder wie sie in Berlin herrschte, völlig vergessen.
Sie lässt an die Materie der Ölfarbe nicht mehr
denken, sie hat etwas Geheimnisvolles, Kostbares,
wie edles Gestein.

Als Hauptstück in der Landschaft steht der
wundervolle Kastanienbaum da, dessen Krone vom
Rahmen überschnitten wird, so dass nur die unter-

sten Äste sichtbar bleiben, deren dunkle Blatt-
massen als Silhouetten gegen den kalten Abendhimmel stehen und den aufgehenden Mond überschneiden. Der Stamm mit der spiraligen Drehung,
die sich an Bäumen der sturmreichen Küstenländer
beobachten lässt, die Krone, die gelben und violet-
ten Blumen, die Weinranken des Weinbergs stehen
in dem mysteriösen Dämmerlicht, das die Dinge
umspielt, wenn am Sommerabend der Vollmond
sein mildes Licht durch das sterbende Sonnenlicht
sendet.

Aus dem Stammbaum

MÜNCHEN

1830

Die beiden letzten Jahre in Hamburg müssen für Oldach unter angestrengter Arbeit verflossen sein. Wie er sein Leben eingerichtet hatte, ist nicht überliefert. Nach dem Bericht seines Bruders ging er still seines Weges, beobachtete dabei sehr scharf und hatte ein klares und festes Urteil. So hat er schon damals die grosse Begabung Hermann Kauffmanns erkannt und betont.

Seine Gesundheit zwang ihn, viel allein zu bleiben und verwehrte ihm schliesslich die Arbeit. Sein letztes Bild, Hermann und Dorothea, konnte er nicht mehr vollenden.

Da die Ärzte von einem Aufenthalt im Süden Besserung hofften, brach Julius Oldach im September 1829 nach München auf. Dort wollte er den Winter verbringen, um mit dem Frühjahr nach Italien zu ziehen.

Dass er in München noch zur Arbeit gekommen ist, hören wir nicht.

Sein Zustand verschlimmerte sich rasch.

Über seinen Tod und sein Begräbnis berichtet eine kurze Aufzeichnung Wasmanns: Es starb von ihnen jener wackere Maler O., der wie zur Selbst-

quälerei geschaffen, weder mit sich noch mit seiner Kunst fertig werden konnte. Ich sah in Hamburg ein kleines, sehr ausgeführtes Gemälde von
ihm, Mephistopheles, wie er in Fausts Professoren-
rock den Studenten, welcher das Porträt eines
Freundes war, haranguiert. Es war bis ins klein-
ste Detail streng charakterisiert, nur etwas hart gemalt. Er endete an der Abzehrung, von seinen
Landsleuten abwechselnd gepflegt. Der bittere Ausdruck seines Gesichts war im Tode einer ernsten
Ruhe gewichen. Bei seiner Beerdigung wehte ein
solcher Sturm, dass unsere Fackeln erloschen.

*   *   *

Julius Oldachs Leben ist uns nur in grossen
Umrissen bekannt. Das meiste müssen wir aus
seinen Werken erraten.

Wir sehen ihn schon als Knaben, der bei Gerdt
Hardorff und Christoffer Suhr die Elemente der
Kunst erlernt, im Besitz eines sehr ansehnlichen
künstlerischen Vermögens. Mit siebzehn Jahren
zieht er auf die Dresdener Akademie, wo er ausschliesslich mit Zeichnen beschäftigt wurde. Nach
Hamburg zurückgekehrt, thut sein Talent in den
acht Monaten seines Aufenthaltes einen starken
Schuss. In den Bildnissen der Mutter und der Tanten schafft er sich die Ausdrucksmittel für seine
neue und unabhängige Empfindung, bleibt aber dabei innerhalb der Tradition seiner engeren Heimat.
Aus dieser Bahn wirft ihn dann der Aufenthalt in
München unter Cornelius. Als er 1827 zurückkehrt, muss er von vorn anfangen. Was er zuerst
fertig bringt, steht in der Fähigkeit, sich zu ver-

senken, im Gefühl für Farbe, Luft und Licht sehr
tief unter dem 1824 in Hamburg bereits erreichten.
Aber trotz seiner körperlichen und seelischen Leiden ringt er sich zu sich selbst zurück, indem er
sich in der Bildnismalerei und in der Landschaft
der Tradition seiner Heimat anschliesst.

In dem Jahrzehnt vom sechzehnten bis zum
sechsundzwanzigsten Jahre des Künstlers zählen
für seine Kunst nur die Zeiten, die er in Hamburg zugebracht hat. Aus den drei Dresdener
Jahren sind nur zwei kleine Blätter erhalten, aus
den vier Münchener Jahren ein Dutzend Zeichnungen. Die sechs bis sieben Jahre, die er an
den Akademien zugebracht hat, könnten aus seiner
Produktion beinahe ganz wegfallen, ohne dass sein
Bild sich wesentlich änderte. Sechs oder sieben
verlorene Jahre in einem unendlicher Fruchtbar-
keit fähigen Leben. Es ist, als wäre er nicht mit
sechsundzwanzig, sondern schon mit zwanzig Jahren gestorben.

＊   ＊   ＊

Am tiefsten hat ihn der Aufenthalt in München
beeinflusst.

Diese Jahre unter Cornelius haben ihm genommen, aber auch gegeben. Nur dass wir am
deutlichsten zu erkennen vermögen, was ihm genommen wurde: die Originalität und Zartheit des
koloristischen Vermögens.

Gegeben haben sie ihm vielleicht den Stil.
Oder besser, sie haben die Fähigkeit, monumental
zu gestalten, nur etwas schneller in ihm entwik-
kelt, denn er besass sie von allem Anfang an.

Die frühen Selbstbildnisse, das Bildnis des Vaters
und der alten Damen aus der vormünchener Zeit
offenbaren sein starkes, ursprüngliches Stilgefühl.

Das bedeutsamste Werk, das auf die Münchener Anregungen zurückgeht, ist nicht die Zeichnung des verlorenen Sohnes, die, nach der Tradition 1828 in Hamburg entstanden, äusserlich
noch am meisten Cornelianisches hat, sondern das
grossartige Bild der Andächtigen in St. Michael.
Das Motiv, die unendlich sorgfältige Durchbildung,
die Vertiefung in die Charaktere, der Aufbau, alles
ist Un- oder Anticornelianisch. Es lebt sogar schon
etwas von dem besonderen münchnerischen Wesen
darin, das sich nachher in der Schöpfung der
deutschen Karikatur grossen Stils Luft gemacht
hat, und das wir in Leibl verehren. Und wie die
Münchener Karikatur hat auch diese wundervolle
Zeichnung Oldachs einen Zug von Monumentalität, der an Cornelius mahnt und auf ihn zurückgeht.

Derselbe Zug spricht auch aus Oldachs Bildnisstudien der Münchener Zeit. Am deutlichsten
in den beiden Blättern, die vielleicht als Vorar-
beiten für den verlorenen Karton „Siegfrieds Tod"
anzusprechen sind, aber auch in den einfachen
Bildnissen. Sie haben alle Fülle eines unerbitt-
lichen Realismus und obendrein den unendlich an-
ziehenden Zug nazarenischer Innigkeit und Stil-
empfindung.

Diese Mischung stempelt Oldachs Werke aus
der Münchener Zeit zu ganz eigenartigen Leistungen. Sie unterscheiden sich von aller Kunst, die
es vorher oder nachher gegeben hat, auch von der
eigenen des Künstlers aus früherer oder späterer

Zeit. Die Arbeiten der letzten Hamburger Jahre
tragen diesen nazarenischen Zug nicht mehr so
deutlich. Dergleichen kann ja nicht auf die Wag-
schale gelegt werden. Aber es lässt sich empfinden, wenn man etwa das herbe Bildnis von Professor Eberhard aus der Münchener Zeit dem des
lesenden Vater Oldach von 1829 gegenüberstellt,
wo die nazarenische Strenge einer malerischen
Weichheit wieder Platz gemacht hat.

*   *   *

Unter Oldachs auf uns gelangten Werken über-
wiegen die Bildnisse sowohl der Zahl wie der
Bedeutung nach, und man wird wohl künftig in
ihm stets in erster Linie den Bildnismaler sehen.
Als solcher gehört er zu den grössten deutschen
Begabungen des Jahrhunderts. Er hat es erreicht,
dass seine Wiedergabe schlichter, an sich wenig
interessanter Menschen mit fascinierender Macht
anzieht und festhält. Ihm war die Kraft verliehen,
das innerste Wesen zu fühlen und an die Ober-
fläche zu ziehen, wo es sich sonst nicht leicht zu
zeigen pflegt. Wer vor einem seiner Bildnisse
steht, hat nicht nur das Menschenkind vor sich, das
in engen kleinbürgerlichen Verhältnissen alt geworden ist, sondern fühlt noch den inneren Menschen,
der von den Zufälligkeiten der äussern Lebensge-
staltung unberührt geblieben ist, den Kern, in dem
noch alle Entwickelungsmöglichkeiten schlummern.
Und so wirken diese Bildnisse mit einer sug-
gestiven Kraft, der sich Keiner entziehen kann.
Wer einem dieser von Oldach Dargestellten ins
Auge blickt, fühlt in seiner Seele ein geheimnis-

volles Leben erwachen. Es ist, als ob sich aus fernen Abgründen erhöbe, was er je an Eindrücken von dem inneren und äusseren Wesen verwandter Typen empfangen hat, und zusammenklänge mit dem Eindruck des Bildnisses vor ihm. So kommt es, dass Oldachs Bildnisse jedem vom ersten Augenblick an wie längst bekannt vorkommen. Man glaubt, die Menschen, deren äusseren Schein und innerstes Dasein er festgehalten hat, persönlich gekannt zu haben und vertraut mit ihnen gewesen zu sein.

Dies heimliche Leben, das aus dem Blick, aus dem Linienspiel des Mundes und der Stirn, aus der Haltung des Kopfes und des Körpers ausströmt, bleibt immer die Hauptsache, so wenig es sich greifen und halten lässt. Von all den köstlichen Einzelheiten, aus denen die Freudigkeit des Malerauges spricht, dem Kleinod auf der Brust, dem duftigen Stoff der hohen Tüllhauben, aus deren Fluten gelbe Seidenbänder auftauchen, den Spitzen und Federn, wird das Auge doch nur vorübergehend festgehalten, es geht von selbst immer wieder auf das Ganze.

Wer mit den deutschen Meistern der Reformationsepoche vertraut ist, fühlt sich an ihre Kunst erinnert. Doch darf von keiner Nachahmung gesprochen werden, kaum von einer Anregung. Bei den ersten Bildnissen 1820 und 1824 in Hamburg, als Oldach sich selbst, seinen Vater, die Mutter und die im Hause lebenden Tanten malte, stand er auf dem Boden der aus Holland stammenden älteren Hamburger Tradition. Diese Bildnisse haben einen zarten, grauen, luftigen Ton, den die

altdeutsche Kunst nicht anstrebte. Und als Oldach
1827 aus München heimkehrte, dürfte wohl in den
ersten Werken des Neubeginnenden, den Bildnissen
Runges und Hübbes, ein schwacher Nachklang
der älteren deutschen Meister, die er in München
kennen gelernt hatte, zu fühlen sein, die Bildnisse
der beiden Tanten 1829 sind wieder ganz er selbst,
wie er durch die Veränderung des Auges geworden, die in der Corneliusschule vor sich gegangen
war. Weder in der Auffassung noch in der Farbe
spricht eine Erinnerung an alte Kunst mit, wenn
auch das tonigluftige der Erscheinung und die Zartheit der Farbenempfindung merklich gelitten haben,
verglichen mit seinen Erstlingswerken.

Mögen auch Oldachs Bildnisse in seinem Werk
voranstehen, darf doch dabei nicht übersehen werden, was wir sonst von ihm besitzen. Er war
keineswegs einseitig für das Bildnis begabt. Schon
die seltene Bildmässigkeit, die er dem Bildnis auf-
zuprägen wusste, beweist, dass wir es in ihm mit
einem umfassend angelegten Menschen zu thun
haben. Die Studie aus der Münchener Michaelskirche, die Rückkehr des verlorenen Sohnes, Hermann und Dorothea, Mephisto und der Schüler,
die kleine Darstellung der St. Johanniskirche im
Morgenlicht, die gezeichneten Landschaften und
vor allem die köstlichen Bilder aus dem Familienleben weisen auf eine ungewöhnliche Fähigkeit hin,
Bilder zu sehen und Bilder zu erfinden, und sie
genügen, eine Vorstellung von dem weiten Umfang
und von der Tiefe seiner künstlerischen Begabung
zu vermitteln.

✻

✻　　　　　✻

Unter den hamburgischen Künstlern des neunzehnten Jahrhunderts schien mir Oldach für die
Eröffnung der Monographien am geeignetsten, weil
ich glaube, dass in seinen Bildnissen eine starke,
werbende Kraft lebt. Kein anderer unserer Künstler vermag besser als er begreifbar machen, was ein
Bildnis enthalten kann und enthalten soll.

Seine Werke können, mit Liebe und Hingebung betrachtet, den herzlichen Wunsch erwecken,
dass solche Bildnisse wieder gemalt werden möchten, und dass alle Bildnisse, die entstehen, etwas
von Oldachs Schlichtheit, Tiefe und Intensität haben möchten.

Ist diese Stimmung im Publikum erwacht, dann
wird den Künstlern, die sich dem Bildnis abge-
wandt haben, die fast ausgestorbene Kunstgattung
wieder lieb werden, und es kann ihnen in der neuen
Entwickelung die Art Julius Oldachs einen Prüf-
stein für ihre eigene Kunst abgeben.

Es bleibt abzuwarten, welche Stelle die allgemeine deutsche Kunstgeschichte Julius Oldach einmal zuweisen wird. Wenn die wirklich ursprüng-
lichen Geister des neunzehnten Jahrhunderts uns
von einer Forschung, die die Dokumente genauer
kennt, und die den nötigen Abstand hat, um Grössen-
unterschiede beurteilen zu können, erst erschlossen
sind, dann wird, was uns Julius Oldach nachge-
lassen hat, unter den Schätzen nicht nur unserer
Vaterstadt, sondern unseres Vaterlandes hochge-
halten werden. Denn die Eigenschaften, die Oldach auszeichnen, sind sehr seltener Art und sind
obendrein, wo sie im neunzehnten Jahrhundert
auftraten, in der Regel nicht zur vollen Entwicke-

lung gekommen, wenn sie nicht, was beinahe die
Regel scheint, unter die Füsse geraten sind.

In der Kunsthalle werden seine Werke nun
seine Empfindung und seinen Willen lebendig erhalten. Die Talente der kommenden Geschlechter
werden unbewusst seinem deutschen weil im höchsten Sinne heimatlichen Wesen sich zuneigen, und
das beste aus ihm wird in sie übergehen. Mit
Meister Francke, mit Matthias Scheits, mit Philipp
Otto Runge, mit Erwin und Otto Speckter, den
Gensler und Hermann Kauffmann, um nur die bedeutendsten heimischen Meister zu nennen, wird
er für die Künstler und die Kunstfreunde in Zukunft einen der Ausgangspunkte einer hamburgischen Stimmung und Gesinnung bilden, aus der
alles, was wir Gutes schaffen, entspringen muss.

JULIUS OLDACHS WERKE

Die Originale befinden sich, wo nichts anderes angegeben ist, im Besitze der Kunsthalle. Die Masse sind in Centimetern angegeben.

HAMBURG 1820 BIS 1821

1820   Selbstbildnis. Kreidezeichnung. Höhe 0,450, Breite 0,365. Abgebildet S. 33.

1821   Selbstbildnis. Ölgemälde, Leinwand. Höhe 0,205, Breite 0,155. Abgebildet S. 35.

Der Vater des Künstlers. Ölgemälde, Leinwand. Höhe 0,550, Breite 0,430. Abgebildet S. 39.

Schwester Betty. Ölgemälde, Leinwand. Höhe 0,390, Breite 0,290. Privatbesitz.

DRESDEN 1821 BIS 1823

1822   Bildnis eines jungen Mannes. Bleistift, weiss gehöht, graues Papier. Höhe 0,085, Breite 0,086.

Bildnis eines jungen Mannes. Bleistift, weiss gehöht, graues Papier. Höhe 0,109, Breite 0,092.

HAMBURG 1824

1824   Die Mutter des Künstlers. Ölgemälde, Leinwand. Höhe 0,540, Breite 0,420. Abgebildet S. 53.

Tante Elisabeth.   Ölgemälde, Leinwand.   Höhe
0,390, Breite 0,290.   Abgebildet S. 55.

Tante Katharina.   Ölgemälde, Leinwand.   Höhe
0,390, Breite 0,290.   Abgebildet S. 57.

MÜNCHEN 1825 BIS 1827

1825   Selbstbildnis. Bleistift. Höhe 0,063, Breite 0,095.
Bez. 1825.   Abgebildet S. 65.

Der Abschied des Tobias. Bleistift. Höhe 0,620,
Breite 0,095.   (Widmung: Thu recht und fürcht
Niemand. Zur Erinnerung an Deinen Bruder Julius.
München, im August 1825.)

Mit dem vorhergehenden auf einem Blatt
Andächtige in der St. Michaelskirche zu München.
Bleistift.   Höhe 0,238, Breite 0,190.   Abgebildet
S. 63 (Bruchstück.)

Studienblatt.   Unten links fünf Köpfe im Profil,
darüber Aktstudien, in der Mitte drei Profile über-
einander, das oberste mit der Beischrift Neer.
Rechts zwei Köpfe mit der Feder gezeichnet. Alles
übrige Bleistift. Höhe 0,171, Breite 0,171.

Studienblatt.   Unten die Büste eines bartlosen älteren
Mannes, rechts gewandt, oben die Silhouette Münchens mit den Türmen der Frauenkirche.   Bleistift.
Von der Unterschrift nur das Datum August 1827
entziffert.   Höhe 0,165, Breite 0,112.

Studienblatt.   Oben der Kopf eines jungen Mannes,
links gewandt, unten der Kopf eines Mannes im
Profil nach links. Bleistift. Höhe 0,167, Breite 0,099.

Professor Eberhard. Bleistift. Inschriftlich bezeichnet. Höhe 0,095, Breite 0,077. (Wahrscheinlich der Bildhauer Conrad Eberhard.)

Kopf eines jungen Mannes, im Profil nach rechts.
Bezeichnet: Herrmann. Bleistift. Höhe 0,102,
Breite 0,084.

Kopf eines jungen Mannes, links gewandt. Mütze
mit breitem Schirm. Bleistift. Höhe 0,062, Breite
0,062.

Lesender Mann, bartlos, rechts gewandt. Höhe
0,090, Breite 0,087.

Bartloser Mann, im Dreiviertelprofil nach rechts.
Höhe 0,071, Breite 0,060.

Julius Wagner. Bleistift. Höhe 0,085, Breite 0,085.
Vielleicht der aus Dresden gebürtige Maler und
Graveur Julius Albert Wagner. Abgebildet S. 69.

Zwei Köpfe, im Profil einander zugewandt. Nur der
linke ausgeführt. Bleistift. Höhe 0,060, Breite 0,097.

Profil eines Mannes mit emporgedrückter Unterlippe, rechts gewandt. Bleistift. Höhe 0,070, Breite
0,052.

> Diese beiden Blätter sind vielleicht als Studien
> für den verlorenen Karton: Siegfrieds Tod
> aufzufassen. Sie erinnern an die Nibelungen
> gesichter Schnorrs.

Kopf eines Mannes mit langem Vollbart, links gewandt. Bleistift. Höhe 0,105, Breite 0,088.

Junger Mann im Vollbart, rechts gewandt. Bleistift. Höhe 0,103, Breite 0,088. Abgebildet S. 71.

Kopf eines Mannes mit Schnurrbart und strähnigem Haar. Bleistift. Höhe 0,075, Breite 0,067.

Maske eines jungen Mannes, rechts gewandt. Bleistift. Höhe 0,081, Breite 0,062. Abgebildet S. 67.

Julius Oldach und Erwin Speckter in einer Münchener Strasse. Bleistift. Höhe 0,104, Breite 0,082.

Bildnis Julius Mildes. Untermalung. Holz. Datiert 1826. Höhe 0,405, Breite 0,290.

HAMBURG, ENDE 1827 BIS 1829

Die Rückkehr des verlorenen Sohnes. Federzeichnung. Höhe 0,480, Breite 0,650. Abgebildet S. 79.

Der Stammbaum. Miniatur in Ölfarben auf Pergament. Höhe 0,455, Breite 0,285. Vergl. S. 86—109.

Der Vater des Künstlers. Miniatur auf Pergament. Höhe 0,050, Breite 0,033. Privatbesitz.

Ulrich Hübbe. Brustbild. Ölgemälde, Leinwand. Höhe 0,161, Breite 0,150. Abgebildet S. 121.

Bildnis eines Blinden. Ölgemälde, Leinwand. Höhe 0,161, Breite 0,150.

Mephisto und der Schüler. Federzeichnung. Höhe 0,255, Breite 0,200. Abgebildet im „Bildnis in Hamburg", Band 2.

Mephisto und der Schüler. Ölgemälde, Eichenholz. Höhe 0,260, Breite 0,200. Abgebildet S. 111.

1829 Die St. Johanniskirche. Bleistift. H. 0,110, B. 0,135.

Die St. Johanniskirche. Ölgemälde, Eichenholz. Höhe 0,120, Breite 0,135. Abgebildet S. 117.

Kinderbildnis. Ölgemälde, Leinwand. Höhe 0,300, Breite 0,270. Bez. J. O. 1829. Privatbesitz.

Bildnis einer alten Dame mit schwarzem Kleide.
Ölgemälde, Leinwand. Bez. J. O. 1829. Höhe 0,390,
Breite 0,285. Abgebildet S. 123.

Bildnis einer alten Dame in violettem Kleide. Ölgemälde, Leinwand. Höhe 0,365, Breite 0,270. Privatbesitz. Abgebildet S. 125.

Hermann und Dorothea. Miniatur. Deckfarben auf
Pergament. Höhe 0,160, Breite 0,075.

Hermann und Dorothea. Ölgemälde, Eichenholz.
Höhe 0,640, Breite 0,460. Abgebildet S. 129.

Bildnis des Bildhauers Otto Sigismund Runge. Ölgemälde, Leinwand. Höhe 0,182, Breite 0,145.
Besitz des Künstlervereins.

Das Blockhaus. Federzeichnung. H. 0,035, B. 0,066.
Abgebildet S. 75.

Blick auf die Binnenalster. Federzeichnung. Höhe
0,060, Breite 0,090. Abgebildet S. 73.

Die Papentwiete. Federzeichnung. Höhe 0,095,
Breite 0,050. Bezeichnet mit dem Monogramm 1829.
Mit der vorhergehenden Zeichnung auf einem Blatt.
Abgebildet S. 77.

Vater Oldach lesend. Bleistift. Höhe 0,110, Breite
0,135. Abgebildet S. 85.

Vater Oldach in Bäckertracht. Bleistift. Höhe
0,178, Breite 0,127. Privatbesitz.

Kopf eines Jünglings im Profil nach rechts. Bleistift. Höhe 0,090, Breite 0,075. Privatbesitz.

Bildnis Jacob Genslers. Bleistift. 1829. Höhe 0,128,
Breite 0,180.

LITHOGRAPHIEN NACH OLDACH

Selbstbildnis. Ölgemälde aus dem 17. Lebensjahre. Bezeichnet J. Oldach jun. — O. Speckter 1831. Höhe
0,270, Breite 0,215. Unterschrift: JULIUS OLDACH
geb. d. 17. Febr. 1804 — gest. d. 19. Febr. 1830.
Unten Hamb. Priv. Steindruck v. Speckter & Co.

Matthias Oldach. Nach einer verloren gegangenen Zeich-
nung. Bezeichnet J. Oldach del. — O. Speckter.
Höhe 0,270, Breite 0,215. Unterschrift:
MATTHIAS OLDACH
Doct. Medicin. et. Chirurg.
geb. d. 23. May 1806 — gest. d. 4. März 1831.
Unten Hamb. Priv. Steindruck v. Speckter & Co.

Mephisto und der Schüler. Ohne Schrift. Nach der
Federzeichnung im Besitz der Familie Papendieck.
Höhe 0,260, Breite 0,200.

Dorothea nimmt, von Hermann geführt, von den Leidens-
gefährten Abschied. Kinder hängen sich an sie.
Unbezeichnete Lithographie, Original eine Zeichnung. Traditionell als Arbeit Oldachs bezeichnet.
Höhe 0,145, Breite 0,200.

BILDNISSE OLDACHS

Erwin Speckter, Bleistiftzeichnung, gestochen von Thäter,
1824. Höhe 0,177, Breite 0,135.

Heinrich Marr. Julius Oldach und Erwin Speckter in
einer Münchener Strasse. Karikatur in Umrissen.
Originallithographie.